小説 大逆事件（上）

Ryuzo
Saki

佐木隆三

P+D
BOOKS
小学館

目次

第一章　田毎《たごと》の月

一九一〇（明治四十三）年四月二十六日朝、農商務省管轄の官営明科《あかしな》製材所で職工長をつとめる宮下太吉《たきち》が、篠ノ井線の明科駅から、長野方面へ向かった。次の西條駅まで、運賃十銭の三等キップである。

松本警察署の巡査で、明科駐在所に勤務する小野寺藤彦は、うっかり時間を読み違えた。汽笛を聞いて駅に駆けつけたとき、午前八時四十六分発の列車は、煙を吐いて出たばかりだった。そこで駅員にたずねると、視察・取り締りの対象である宮下が、下りの長野行きに乗り込んでいた。いつもの鳥打ち帽をかぶり、荷物は持っておらず、とくに変わった様子はなかったという。

長野県東筑摩郡中川手村の明科駅から、本城村の西條駅までは、上り勾配の十一キロメートルで、およそ二十五分かかる。その本城村に、社会主義者はいないはずだが、勤めを休んだところが気になった。

前年五月に操業をはじめた製材所は、敷地が二・五ヘクタール、原動力は百五十馬力の蒸気機関二台、職工は工場内に八十人、職夫が工場外に二百人と大規模であり、毎月一日と十五日に休業するほかは、フル稼働している。

八の字ヒゲをたくわえた小野寺巡査が、駅からまっすぐ製材所へ向かい、宮下職工長が休んだ理由をたしかめたら、「親類に用事があると三日前に届け出ている」とのことだった。「親類とはどこのだれか」と突っ込みたいところだが、この製材所は、農商務省長野大林区署の管轄である。明科製材所長は、松本・大町・梓の小林区署長を兼務しており、警察の介入に反発する気風だから、巡査風情が口出しはできない。

それでも気になったので、駅前の駐在所へ戻った小野寺は、宮下に関するこれまでの記録を取り出してみた。

一八七五（明治八）年九月三十日生まれの宮下太吉は、本籍が山梨県甲府市本町九十七番地で、愛知県知多郡亀崎町千三百十三番地に住んでいた。その宮下が、長野県の社会主義者として、視察・取り締りの対象になったのは、明治四十二年六月二十五日からだった。

甲府市内の小学校を卒業して、機械工場の見習いに採用されたあと、各地の工場を廻り、ベテランの機械職工になって、愛知県の亀崎鉄工所では、明治三十五年から働いていた。この鉄工所では、主として製材機械をつくり、新設の製材所へ据え付けるとき、機械職工を派遣する。明科製材所は、明治四十一年十月に起工し、翌年五月から操業をはじめたが、宮下は機械の据え付けにきていない。そのせいかどうか、汽罐場にトラブルが多発するので、主任技師の関鉀太郎が、知り合いの宮下を、こちらへ引き抜いた。

明治四十二年六月十日、甲府駅から午前九時五十分発の列車に乗った宮下太吉は、中央線をへて篠ノ井線の明科駅に到着し、午後五時ころ吉野屋旅館に入った。六月十三日、明科製材所の建設請負人である加賀美新吉が、機械修理の雇（臨時工）として採用し、宮下はそのまま吉野屋に止宿した。

しかし、宮下が熱心な社会主義者であることは、亀崎鉄工所のころから知られている。長野県警察部から、「社会主義者名簿」について山梨県に照会すると、六月二十五日付で記録の回送を受けた。

それいらい小野寺は、宮下太吉の動向について、松本警察署長への報告を、義務づけられている。
〔一〕宮下太吉は酒をたしなみ、酔いに乗じて暴行をはたらくことがあると、かねて聞き込んでいたが、明科へ着任してからは、きわめて実直に業務に精励し、ほとんど模範の職工と評せられるにいたった。当初のあいだは、とくに交際を求めることもなく、旅館「吉野屋」に帰ったあと、ほとんど外出していない。閑《ひま》さえあれば書見をして、あるいは信書をしたため、愛知県豊橋町にいる内縁の妻や、甲府市の親戚などに送り、社会主義を鼓吹するような言動はなかった。

〔二〕明治四十二年六月二十七日、郵便にて、愛知、東京、和歌山の各地から、三通の書状が到着したところ、他見をはばかるように一覧したうえで、カギのかかる箱に収めたことがあった。七月四日、「甲府市の実母が用談があるとて、しきりに帰郷を促す」と、二泊の予定で明科を出発した。山梨県に照会したところ、「本人の実母は、明治四十一年二月二十七日、東京市下谷区において死亡して、本籍地には実姉の山本ナカなる者が居住しているが、当地に立ち回った形跡はない」との回答をえた。本人は予定どおり、明科へ帰っていたので、取り調べたところ、「実母ではなく、伯母のところへ立ち寄った」と、ややあいまいなところがあったため、爾来、いっそう視察に注意をくわえた。

〔三〕明治四十二年七月二十七日、本官は、松本警察署巡査の結城政吉の伜《せがれ》三郎（二十三歳）を、製材所の雇にあっせんし、汽罐火夫に就かせた。同年八月一日、松本警察署長があっせんした元巡査の斎藤信義（五十六歳）は、製材所の門衛をつとめている。

〔四〕明治四十二年八月ころから、工場内における二、三の職工にたいし、「社会主義なるものは、社会の階級を打破して、財産を平均して共有する趣旨だから、職工たるものは大いに賛成すべきである」と語り、社会主義を鼓吹《こすい》するようになった。

〔五〕明治四十二年九月十九日、松本警察署長は、宮下太吉をあっせんした関鉀太郎に、解雇または説諭を勧告する必要があると認め、本官へ命令したので、ただちに関に伝えた。九月二十二日、関が製材所の事務所で、宮下に厳重な戒告をしたところ、本人は左の条件をもって、引き続き就業することを嘆願した。

(1)社会主義を脱して、もっぱら業務に専心すること。

(2)脱会届を提出するので、平民社の幸徳秋水宛に、関から郵送すること。

(3)製材所はもちろん、ほかの場所でも、社会主義を鼓吹・勧誘しないこと。

(4)脱会を装って、鼓吹・勧誘したときには、解雇されても異議はないこと。

こうして関は、本官にたいし、右の顚末を告げ、請負人の加賀美新吉をして、解雇を見合わせさせたと申し出たので、松本警察署長もこれを承認した。

〔六〕その後、宮下太吉は、忠実に勤務に服して、社会主義を鼓吹するような挙動をあらわすことなく、職工のなかで、もっとも勤勉であった。明治四十二年十一月十五日、官営明科製材所は、埴科《はにしな》郡屋代《やしろ》町で農業をいとなむ新村《にいむら》善兵衛(二十八歳)を保証人として、職工長の辞令を交付し、日給一円二十銭を支給することにした。

一九一〇(明治四十三)年四月二十六日午前十時すぎ、宮下太吉は、篠ノ井線の姨捨《おばすて》駅で下車した。明科駅で次の駅までしかキップを買わなかったのは、警察官の目をくらますためだから、乗り越し運賃の十八銭を払った。

明治三十五年五月、松本—長野間の六十二・五キロメートルを全通させた篠ノ井線は、中央線(八王子—名古屋)と、信越線(長野—新潟)とを結ぶ。明科からいくつものトンネルを抜け、清流に架かる橋梁を渡ってきた姨捨駅は、海抜五百四十七メートルで、善光寺平といわれる盆地が、一望の下に見渡せる。

「これはもう、絶景というほかない」

製材機械を据え付けるために、全国各地へ出張しており、三十四歳になる宮下だが、こんな景色を見たことはなかった。千曲《ちくま》川の向こうを信越線が通り、ちょうど上り列車が、黒い煙を吐きながら、屋代駅へ向かって疾走している。

「身はあたかも、仙境に入りて、下界を見るの感あらむ」

ふと呟いて、顔が赤くなる思いがしたのは、愛知県豊橋町で女中奉公をしている間瀬サクへの手紙で、「一度でよいから姨捨の絶景を見せてやりたい」と、いまの台詞《せりふ》を口説き文句に用いたからだ。

世話女房のサクは、九つ年上であることを気にして、これまで一度も、入籍に応じなかった。明治四十三年三月初めに、わざわざ豊橋まで行ったときは、「うっかり誘いに乗れば、そのうち姨捨山に置き去りにされるにきまっているよ」と、憎まれ口をたたかれた。こちらから復縁を持ちかけたのは事実だが、あちらの言い分は、亀崎で同棲していたときから、「社会主義を捨てないかぎり、あんたとは金輪際やっていけない」である。

　そうであれば宮下は、いまさら退くことはできない。明治四十三年四月二十三日付の手紙で、屋代町にいる新村善兵衛の弟の忠雄を「二十六日午前十時に姨捨山で会おう」と呼び出したのは、爆裂弾の威力を試す場所を、二人で見つけるためだった。

　しかし、停車場で待ち合わせたのでは、だれの目に入るかわからない。宮下が指定したのは、姨捨駅から坂を少し下ったところの長楽寺で、ここなら参詣人が絶えることがないため、怪しまれずにすむからだ。

　信濃三十三札所めぐりの第十四番「姨捨山長楽寺」は、御本尊が聖観世音菩薩とされ、御詠歌に「おとにきく、おばすてやまを、きてみれば、つきのみやこは、ここにこそあれ」とある。紀貫之や藤原定家の歌碑も並んでいるが、一六八八（貞享五）年八月十一日に美濃を発った松尾芭蕉は、「さらしなの里、おばすて山の月見ん事、しきりにすゝむる秋風の、心に吹《ふき》さはぎて、ともに風雲の情をくるはすもの又ひとり、越人と云《いふ》」と、『更級紀行』を書きおこしている。

　おもかげや姨ひとりなく月の友

いさよひもまださらしなの郡《こほり》哉

さらしなや三よさの月見雲もなし

芭蕉の句碑の前あたりに、黒いマント姿の新村忠雄が、足踏みをするように立っていた。風が強い日だから、腺病質の身にこたえてはいけないと、ずいぶん着込んできたらしい。宮下太吉のほうは、ジャンパーに編上靴で、山奥へでも入っていける。

「やぁ、待たせたかな」

「そんなことはない。さっききたばかりだよ」

色白の新村は、宮下より一回り若いが、メタルフレームのメガネをかけ、いつも冷めたような口のききかたで、対等の同志なのである。

「例のものは、持ってきたんだろう」

「ああ。月さんから、矢の催促とあって、今日こそなんとかしなきゃ」

「月さんに引かれて長楽寺参りかな」

ニッコリ笑うと、左の頰に深い笑窪《えくぼ》ができる。

「新村君、いまのは『牛に引かれて善光寺参り』のもじりかい？」

「下手な駄ジャレさ」

「いやいや。巧いもんだよ」

宮下としては、すっかり感心したから、念を押したのである。

明治四十一年七月十五日に創刊した「高原文学」は、善光寺の僧侶なども同人にくわわり、長野市長門町が発行所で、当時二十一歳の新村忠雄が、編集兼発行人をつとめた。その青白き文学青年は、いまや無政府共産主義の闘士として、「壮大な革命」が口癖で、爆裂弾の完成をせきたてる。

「月さんは湯河原から、なんと言ってきたの？」

「だから昼間に、新村君に立ち会わせて爆裂弾の再試験をしてほしい、と」

「そりゃ良かった。主義を捨てないところは、月さんらしいや」

若い新村は、まるで自分が主導者のような言いかたをするが、ふしぎに宮下は腹が立たない。二人にとっての「月さん」は、幸徳秋水の妻の管野《かんの》スガのことで、ペンネームが「幽月」だからだ。

明治四十三年三月二十二日、東京府豊多摩郡千駄ヶ谷町にかまえていた平民社を解散すると、幸徳と管野の二人は、その日のうちに箱根の湯河原温泉へ行き、高級旅館の天野屋にこもった。とかく世間で、「幸徳秋水は社会主義を捨てた」とか、「政府に買収された」とか取り沙汰しているけれども、少なくとも管野スガは、爆裂弾による計画を放棄していない。

「宮下君は、再試験の場所について、およそ見当をつけたのか」

「いや、これからだよ」

句碑の前をはなれるとき、ふと宮下は疑問を口にした。

「おもかげや姨ひとりなく月の友。『ひとりなく』というのは、どういう意味なんだろう」

「年寄りが一人もいない、と解釈したようだね」

「そのとおりさ」

「弟子の越人をともない、美濃から木曾路をたどって更級を訪れた芭蕉は、仲秋の名月を浴びている姨捨山で、岩にすわって慟哭する伝説の老婆をしのんで、この名吟を残した」

「なるほど、『二人泣く』なのか」

「ついでながら、『いさよひもまださらしなの郡哉』は、姨捨山の月に心ひかれ、十六夜の夜もまだ更級にとどまっているという意味だよ」

「もう一つの句は？」

「三日もとどまって月見をしたが、曇りなく晴れた姨捨山の夜は、じつに美しかったということ。この『さらしなや三よさの月見雲もなし』は、弟子の越人の句ともいわれている」

「ふーむ。たいしたもんだ」

こういうのを博覧強記というのか、富農の次男坊の新村忠雄は、およそ宮下太吉の質問に、答えられなかったことはない。あらためて感心していると、時間のムダと思ったのか、急に甲高い声になった。

「俳句なんかに感心している場合じゃないだろう」

「いや。すまない、すまない」

このとき宮下は、十二年も連れ添った世話女房に、ここで芭蕉の句を解説してやる場面も想像していたので、またしても顔の赤らむ思いだった。

「これからどこへ行く?」

「そうだなぁ」

ジャンパーの内ポケットに、鉄の小鑵二個と、塩素酸カリと鶏冠石《けいかんせき》を粉にした紙包を一つずつ、大切にしまっている。二種類の薬品を調合して小鑵に入れ、拾った小石でも混入させ、銅線できつく縛ってやれば、爆裂弾は完成する。いまとなっては、つくるのは簡単なのだが、威力を試す場所を探すとなると、なかなか容易ではなさそうだ。

「ひとまず下って、山の様子でも眺めてみるか」

「山腹のあちこちに、人影がちらちらしている。雉《きじ》撃ちの猟師かな」

新村忠雄は、石段を下りながら舌打ちをした。

「猟銃の発射音に合わせて、爆発させるわけにもいくまい」

「あたりまえだろう。爆裂弾の威力を知らないから、そんなのんびりしたことが言える!」

宮下太吉が声を荒らげたのは、手製の爆裂弾を岩肌に投げつけたとき、自分の体が吹き飛びそうな爆風と、耳を聾《ろう》するほどの爆音が起きたことを、いくら話して聞かせても、なかなか信じてくれないからだ。夜間で一人きりの試験とはいえ、あの晩は明科の人たちが、「なにがあったのか?」と、爆発音におびえたのである。

しかし、管野スガは、「夜間の試験では本当の威力がわからない。昼間に立会人を置いてやってこそ、客観的に証明できる」と、くりかえし再試験を求めてきた。

明治四十三年四月二十三日の午前中に、宮下のところへ届いた手紙に、「私たちの革命は、精神的な集中力と、武器があってこそ、成し遂げられる」とあったから、さっそく新村忠雄に手紙を書いて、製材所に休みを申し出たのだ。

長楽寺の石段を下りきると、あたりは一面の棚田である。甲府盆地に育って、工業地帯を転々としてきた宮下太吉は、明科製材所へきてから、初めて棚田というものを知った。つまり段々畑で、水稲を栽培するから、棚田というのである。役場の人に聞いてみると、「傾斜二十分の一以上の山地・丘陵にひらかれた水田」という。機械を据え付けるとき、水平を保つのは必須条件で、宮下にとっても、傾斜度そのものに関心が生じた。二十分の一の傾斜とは、二十メートル進むごとに、一メートル高くなる勾配をいう。山がちな長野県では、十分の一の傾斜度の棚田も多く、もっとも急な棚田は、傾斜度が一・四分の一である。

姨捨の棚田は、「田毎の月」として、古くから有名である。冠着山《かむりき》(千二百五十二メートル)を背に、正面には飯縄山《いいづな》(千九百十七メートル)を中心とする山峰と、千曲川が流れる善光寺平の絶景で、月が上りきると、一つ一つの水田に映るからだ。

まだ月夜の姨捨にきたことはないが、田毎の月はどんなに美しいだろう……。思わず立ち止まったら、新村忠雄が声をかけた。

「宮下君、ぼくが先に行こうか」

「うるさい。おれに黙ってついてくればいいんだ！」

とうとう宮下太吉は、怒鳴り声を上げてしまった。


一九〇九（明治四十二）年十一月三日、明科製材所につとめて六カ月目の宮下太吉は、裏山の麓《ふもと》で爆裂弾の試験を思いついた。この日は天長節で、工場が休業である。それまで民間の工場にいて、天皇誕生日でも働いてきたから、思いがけない休みだった。

明治四十二年六月十日に着任して、中川手村字明科の吉野屋旅館に止宿していたが、七月末に製材所の西側にあたる字潮の借家に移った。いつまでも旅館にいるのは不経済で、おなじ事情の職工と語り合い、家賃を折半で一軒家を借りた。甲府にいる長姉ナカが、夫の山本久七とケンカばかりして、深刻な別れ話になった。そこで明科に呼び寄せて、炊事・洗濯をさせることにしたのである。

その一軒家から、明治四十二年十月初めに引っ越したのは、同居していた職工が酒飲みで、約束していた家賃を払わないからだった。次に借りたのは、造り酒屋の持ち家で、二階の六畳二間に、姉ナカと二人で住んだ。一階の二間に住んでいるのは、巡査の小野寺藤彦で、娘と孫の三人暮らしだった。

おなじ屋根の下で、巡査と暮らすことにしたのは、製材所の職工たちに社会主義を鼓吹したとして、松本警察署長の干渉により、危うく解雇されかけたからである。明治四十二年九月二十二日付で、四カ条の「念書」を入れてからも、小野寺巡査の視察・取り締りは、きびしくなるばかりだった。それならいっそ、相手のふところに飛び込むことにして、空き部屋ができたことに乗じ、二階に入り込んだのだ。

明治四十二年十一月三日、宮下は朝から部屋に寝ころんで、本を読んですごした。四十六歳の姉は、松本市で天長節を祝う花火大会があるから、巡査の娘と連れ立って出かけている。巡査の娘は、「夫は病死した」と言っているが、じつは子連れの出戻りで、妻を亡くした小野寺が引き取った。

松本市の花火は、夕方から打ち上げはじめて、最後は派手な仕掛け花火だという。そのことがわかって、裏山で爆裂弾の試験に成功しても松本の花火の音と思われるだろうと、実行することにしたのだ。篠ノ井線の松本―明科間は、十四・七キロメートルだから、実際に花火の音が聞こえるかどうかはわからないが、この機会を逃すことはない。

明治四十二年十月二十七日に、東川手村のブリキ細工職の臼田鍋吉を訪ね、「釘、鋲、ペン先などを入れる蓋つきの小鑵がほしい」と、五個を注文した。円筒形で「高さ二寸、直径一寸くらい」と指定し、三日目に工場の見習工の石田鼎を使いに出したら、合計十銭で渡してくれた。

その日に注文したのは、十月二十六日午前九時半ころ、満州の東清鉄道ハルビン駅のプラットホームで、枢密院議長の伊藤博文が、ロシアの蔵相ココーフツォフと儀仗兵《ぎじようへい》を閲兵中に、ピストルで狙撃されて、暗殺されたからである。「信濃毎日新聞」は号外を発行し、その場で逮捕されたのは、亡命韓国人の安重根と報じた。

宮下太吉は、すっかり興奮させられ、小野寺巡査の目を避けて、隣村のブリキ職人のところへ行ったのである。

明治四十二年七月三十一日、爆薬に用いる鶏冠石が、愛知県碧海《へきかい》郡高浜村の内藤与一郎から、郵便小包で届けられた。古い知り合いである機械製造業者は、硫化砒素の組成をもつ鉱物が、宮下の新しい職場の製材所で仕事の役に立つと信じて、一円の為替と引き換えに、千二百グラム送ってくれた。

同年八月十日、鶏冠石と混ぜ合わせる塩素酸カリが、和歌山県東牟婁《むろ》郡新宮町にいた新村忠雄から、一ポンド（四百五十グラム）郵送された。そのころ新村は、アメリカのオレゴン州立大学医学部を卒業して医師の資格を取った大石誠之助の病院で、薬局の手伝いをしていた。ドクトル大石は、幸徳秋水とは旧知の仲で、「平民新聞」の常連寄稿家でもあった。

小野寺巡査の記録に、「明治四十二年七月四日、『甲府市の実母が用談があるとて、しきりに帰郷を促す』と、二泊の予定で明科を出発した」とあるのは、宮下太吉が、塩素酸カリを購入に出かけたときだった。七月五日に甲府市の薬局で、塩素酸カリ二ポンドを購入したが、これは工業用で粒が粗くて、爆薬に適さないとわかった。そこで新宮の新村に手紙を書いて、医療用のものを入手させたのだ。

同年八月二十二日、新村は東京・千駄ヶ谷の平民社へ戻った。もともと幸徳秋水の書生として、身辺の世話を焼いていた。しかし、幸徳が管野スガと平民社で同棲をはじめたから、紀州新宮のドクトル大石のところへ行かされた。

その新村が呼び戻されたのは、幸徳と管野の二人が、明治四十二年五月二十五日に創刊した「自由思想」が発禁になり、六月十日発行の第二号も同様だったが、秘密に発送していたことが発覚して、七月十五日、千駄ヶ谷の平民社が家宅捜索され、発行人の管野が逮捕されたからだ。

九月一日、東京地裁は、新聞紙条例違反で管野に、罰金四百円を言い渡した。ただちに控訴して、身柄が釈放になってから、管野はきわめて熱心に、「爆裂弾による革命運動」を主張するようになった。すでに管野は、「自由思想」第一号の発行で罰金百円、第二号の発行で罰金百四十円に処せられており、総額は六百四十円に達して、もはや言論活動を、まったく封じられたに等しい。

九月十五日、長野県埴科郡屋代町へ帰っていた新村が、東筑摩郡中川手村の宮下の借家へ行き、一泊している。明科駐在所の小野寺巡査は、宮下の身辺に目を光らせていたが、深夜にきて早朝に帰ったから、気づかれていない。新村の用件は、「幸徳秋水も管野スガも、爆裂弾の計画に強く期待している」と伝えることだった。明治四十二年六月四日、明科製材所へ赴任する途上の宮下は、千駄ヶ谷の平民社に一泊して、管野に、「かならず爆裂弾をつくる」と決意のほどを伝えている。
九月二十八日、宮下が製材所の主任技師に、四カ条の「念書」を入れた六日後というのに、ふたたび新村が訪れて、こんどは二泊して行った。このときも小野寺巡査の目を逃れたのは、富農の次男坊は言うことが過激でも、どこか影が薄いせいかもしれない。新村の用件は、「なぜ爆裂弾が完成しないのか」と、原因を追及することだった。宮下にしてみれば、視察・取り締りがきびしくなるばかりで、うかつな動きはできないのだ。
そこで次の問答になった。
宮下「鶏冠石を細かい粉にするには、薬研《やげん》ですりつぶさなければならない。なんとか薬研を購入できないか」
新村「それは危険だ。どこかで足がつくだろう。ぼくの知り合いに、漢方医の娘がいる。その人から借りてやろう」
宮下「人から借りたのでは、かえって危ないのではないか」
新村「新しい薬研で、鶏冠石を粉にするとき、往々にして発火するという。ぼくの知り合いから、計画が洩れることは絶対にない。その漢方医の娘は、『高原文学』の仲間だ」
宮下「それでは借りてもらうが、君がたびたび現れては、計画が失敗しかねない。借りた薬研は、鉄道小包の駅止めにしてくれ」

このあと宮下は、造り酒屋の持ち家に引っ越し、小野寺巡査と、同居するかたちになる。

明治四十二年十月十二日、屋代町の新村善兵衛が発送した薬研が、明科駅に到着した。新村忠雄は東京へ出ており、兄の善兵衛が、代わりに送ったのである。さっそく宮下は、工場の見習工の石田鼎に取りに行かせ、宮城県生まれの部下の新田融に話をつけていたので、その借家に持ち込ませた。

十月二十日、宮下は工場が退けたあと、線路をへだてた山側に、妻子と住んでいる新田の家へ行き、奥の部屋を使わせてもらった。菰《こも》包みから薬研を取り出して、鶏冠石を磨砕しながら、発火せぬかとひやひやした。しかし、案ずるより生むがやすしで、立派な粉末になったので、薬研を元の菰包みに戻すと、鶏冠石だけ持ち帰った。

十月二十二日、東京の平民社にいる新村忠雄から、「読後ただちに火中へ投ぜよ」との手紙が届いた。その文中に、薬品を調合する比率は、「鶏冠石四、塩素酸カリ六」とあった。

十一月三日夕方、小野寺巡査は、村の有力者の息子の結婚披露宴に呼ばれたから、深夜に泥酔して帰宅するはずである。宮下太吉は、一円二十銭で買っておいた皿付きの秤で、慎重に薬品を調合して、アズキほどの石粒二十個を混ぜて、小鑵一個に入れると、銅線で全体をきつく巻き付けた。

明科製材所は、南北に流れる犀《さい》川に面しており、その裏山が、標高九百三十三・五メートルの長峰山である。東から犀川にそそぐ会田川は、長峰山の麓で急流になって、そのあたりに人家はない。暗くなるのを待って、下駄履きの宮下太吉は、線路の踏切を渡り、会田川沿いの道を東へ向かった。

しばらく歩くと、「継子《まま》落とし」と呼ばれる絶壁がある。後妻に入った女が、自分の子が生まれてから、生活苦のあまりに、先妻の子が邪魔になった。その継子を、口減らしのために、絶壁から急流に突き落としたという。その少し先から回り込んで、継子落としの川原に下りた宮下は、岩肌の絶壁めがけて、鉄製の小鑵を投じた。自分の体が吹き飛びそうな爆風と、耳を聾するほどの爆音は、その瞬間におきたのである。

とっさに下駄を脱いで、裸足で逃げ出したから、爆裂弾の当たった岩肌が、どうなったか見届けていない。夜のことだから、その場から逃げなくても、確かめるのはムリだったろう。ともあれ爆音が、少なからぬ村人を驚かせたことは、翌日に製材所で話題になったから、十分すぎるほどわかった。宮下としては、下手《へた》に現場に行って、自分が怪しまれてはいけないから、それきり近づいていない。

一九〇九（明治四十二）年十一月六日、新村忠雄は、千駄ヶ谷の平民社で、宮下太吉の手紙を受け取った。十一月三日に爆裂弾の試験をしたら、みごとに成功して、その威力が絶大であったと、爆風と爆音のことが記されていた。「読後ただちに火中に投ぜよ」とあり、しばらく迷った新村は、飯を炊くときかまどで焼いた。このとき平民社には、幸徳秋水と新村しかいなかった。

明治四十二年十月八日、管野スガは、外出中に路上で倒れた。意識不明になって、しきりにうわごとを言うのを、尾行の刑事が二人がかりでかつぎ、平民社へ連れ戻したのだ。もともと管野は、肺結核の症状がみられ、くわえて「脳病」がある。路上で倒れたのは脳充血と診断され、平民社で幸徳と新村が看病した。十一月一日、管野は京橋区木挽町の平民病院に入院した。社会主義者の加藤時次郎院長が、ベッドが空くのを待って入れてくれたのである。そこで幸徳と新村が、隔日に交代で病院へ行った。

宮下太吉の手紙には、「実験の成功を月さんに伝えてくれ」とあり、幸徳秋水のことは書いてない。新村としては、管野に読ませたかったが、持病の「脳病」はヒステリーだから、刺激的なものはいけないと、加藤院長から注意されていた。

明治四十二年十一月四日、日比谷公園で、伊藤博文の国葬がおこなわれた。十月二十六日午前九時三十分ころ、ハルビン駅頭で狙撃された。ほぼ即死状態だったので、特別列車に遺体を乗せ、午前十一時四十分、長春へ向けて引き返した。長春からは、日本が経営する南満州鉄道で南下して、二十七日夜に大連に到着した。ここから柩を軍艦「秋津洲《あきつしま》」に乗せ、横須賀に入港したのが、十一月一日午前十時だった。午後一時すぎ、柩を乗せた特別列車が、新橋駅に到着すると、皇族、元老、閣僚、陸海の将星など、およそ二千人が出迎えた。十一月四日の国葬には、国庫予備費から四万五千円が支出され、墓地として、大森恩賜館に近い大井村に、千五百坪の土地が確保されている。

このニュースを伝えたら、管野スガは、ベッドでおき上がった。

「東アジアの人民を泣かせてきた張本人のために、なんで国民の血税を、四万五千円も使わなきゃならないのよ！」

「幽月さん、落ちついてください」

あわてて寝かせ、なだめるのに一苦労したので、新村忠雄は、宮下太吉の手紙を見せたりしたら、興奮してなにを叫びだすかわからないと、思い止まったのだ。

こうして病院へ看病に通い、平民社では、幸徳のために食事をつくった。どういう巡り合わせで、こんなことになったのかと、二十二歳の新村は、自分で自分のことが、わからなくなることもある。

一八八七（明治二十）年四月二十六日生まれの新村忠雄は、埴科郡屋代町の高等小学校を卒業して、一年間を補習科ですごした。成績優秀な生徒に許されるもので、新村は洋行経験のある教師から、特別に英語の教育も受けた。

明治三十八年三月、十七歳のとき東京へ出て、浅草須賀町のキリスト教会ですごした。従兄弟が牧師をしており、外国人との交際があるから、英会話の勉強をしたいと思ったのだが、内向的な性格がわざわいして、目論見がはずれた。アメリカ人の牧師は、「浅草見物の外国人に、なんでもいいから話しかけて、実地に勉強しなさい」と突き放すのだ。

三十九年五月に帰郷して、しばらく養蚕を手伝った。父の善兵衛は三十年に死亡し、しっかり者の母ヤイが、作男を使って切り盛りしている。六つ上の兄は、善雄と名づけられていたが、父が死亡して家督を相続したとき、善兵衛を襲名した。日露戦争に召集され、旅順攻撃作戦に参加して、勲章をもらって帰国すると、町の収入役になった。姉は隣の坂城《さかき》町長の妻で、近所の人から「申し分のない家柄」と言われると、なぜか反発を覚えた。

四十年一月十五日、幸徳秋水、堺利彦らが、日刊「平民新聞」を創刊した。さっそく定期購読を申し込み、二月四日に足尾銅山で、坑夫と職員が衝突して大暴動に拡大したときは、「とうとう労働者の直接行動がはじまった」と、記事をむさぼるように読んだ。

その年四月に東京へ出たのは、上野公園で開会式がひらかれた東京勧業博覧会を見物するためだったが、東京市京橋区新富町の平民社を訪ねて、初めて幸徳秋水に会った。

一九〇三（明治三十六）年十月十二日付「万朝報」に、幸徳秋水と堺利彦は、連名で「退社の辞」を載せている。ロシアとの戦争が必至の情勢になり、主筆の黒岩涙香が、開戦論を唱えたからだ。

《われら二人は、不幸にも対ロシア問題に関して、朝報紙と意見を異にするにいたった。社会主義の見地より、国際の戦争をみると、貴族、軍人らの私闘であって、国民の多数は犠牲になる。そのことを論じた記事を、読者諸君は、本紙上において見てきた。このように、われらの意見に寛容であった朝報紙も、近ごろ外交の時局が切迫するにつれ、戦争が避けられないのなら、挙国一致して当局を助けて盲進するしかないとする。ここにおいてわれらは、朝報紙のなかで沈黙を守らざるをえない立場になった。しかし、長く沈黙して、その所信を語らないのでは、志士の社会にたいする本分と責任を欠く。そのためわれらは、やむをえず、退社することになった》

明治三十六年十一月十五日、幸徳秋水と堺利彦は、週刊「平民新聞」を創刊した。発行所は東京市麹町区有楽町である。その第一号に「宣言」を掲載した。

《自由、平等、博愛は、人の世の三大要義である。われらは、人類の自由のために、平民主義を奉じて、門閥の高下、財産の多寡、男女の差別より生ずる階級を打破し、いっさいの圧制、束縛を、除去することを求める。われらは、人類が平等の福祉をうけるために、社会主義を唱える。生産、分配、交通の機関を社会が共有し、その経営は、社会のためにすべきである。われらは、人類が博愛の道を尽くすために、平和主義を唱える。人種の区別、政体の違いを問わず、世界をあげて軍備を撤去し、戦争を禁絶することを期す》

一九〇四（明治三十七）年二月十日、日本がロシアに宣戦布告し、日露戦争に突入した。開戦直後の議会で、増税案が採決されたため、三月二十七日付の週刊「平民新聞」第二十号は、「ああ、増税」を掲載した。

《ああ、「戦争のため」という一語は、有力な麻酔剤である。ああ、六千万円の増税よ、これは「戦争のため」だが、負担する国民には、苦痛とならざるをえない。なにゆえに国民は、このような加重を忍ばなければならないのか。いまの国際戦争は、少数の階級を利しても、一般国民の平和を攪乱し、幸福を損傷し、進歩を阻害し、きわめて悲惨であるとして、われらは苦言してきた。しかし、野心のある政治家は開戦を唱えて、功名を急ぐ軍人はこれを喜び、狡猾な投機師はこれに賛同し、多くの新聞記者はこれに付和雷同して、無邪気な一般国民を、煽動、教唆している》

この記事のため、週刊「平民新聞」は発売禁止になり、発行兼編集人の堺利彦は、軽禁錮二カ月に処せられ、巣鴨監獄に入獄した。

一九〇四（明治三十七）年十一月六日付の週刊「平民新聞」第五十二号は、「小学教師に告ぐ」を掲載した。「いわゆる公職と称する者の種類は多いが、その矛盾が多く無意味なのは、小学教師であろう」と、国家のために教育をして、人類のために教育していないことを指摘し、「満天下の小学教師諸君よ、すみやかに社会主義運動にくわわれ」と呼びかけている。

この号は発売禁止になったが、次いで十一月十三日付の週刊「平民新聞」第五十三号が、創刊一周年記念として、幸徳秋水、堺利彦の共訳で、初めて日本語による「共産党宣言」を掲載し、ただちに発売禁止になり、幸徳は罰金八十円に処せられた。

一九〇五（明治三十八）年一月、週刊「平民新聞」は発行停止の判決を受け、一月二十九日付の第六十四号に「終刊の辞」を掲載し、その幕を閉じた。

二月二十八日、発行兼編集人の幸徳秋水は、一連の筆禍事件で軽禁錮五ヵ月の判決が確定し、巣鴨監獄に収監された。この入獄中に、クロポトキン著『田園・工場・仕事場』を読み、無政府主義に関心をもつようになった。

七月二十八日、出獄した幸徳は、かなり衰弱しており、平民病院の加藤時次郎院長の別荘で静養し、十月九日、平民社を解散する。

十一月十四日、弾圧を避けるために、横浜からアメリカへ向かうと、シアトル、サンフランシスコに滞在した。

一九〇六（明治三十九）年六月二十三日、幸徳は帰国して、平民社を再建することにより、日刊「平民新聞」の創刊に奔走する。

一九〇七（明治四十）年四月初め、新村忠雄が、東京・新富町の平民社を訪ねると、幸徳秋水は気さくに応対した。健康状態が悪化しており、「慢性腸カタルという病名だから、オムツのようなパンツをはいているんだよ」と言うので、「二カ月くらい、信州のぼくの家に来て、温泉治療したらどうですか」と、新村は真剣に勧めた。

しかし、明治四十年四月十四日付の第七十五号で、日刊「平民新聞」は廃刊に追い込まれ、社会主義者は、「議会政策派」と「直接行動派」の対立が深刻になり、幸徳は温泉治療どころではなかった。

八月一日、東京・九段のユニバーサリスト教会で、社会主義夏期講習会がひらかれた。二十歳の新村忠雄も参加して、講師の多くは、普通選挙を通じての議会政策を主張したが、ゼネストなど直接行動派の主張が、新村には有効なように思えて、「たとえ一人でも直接行動の伝道をしよう」と決意した。

明治四十一年一月、新村忠雄が中心になり、信濃社会主義研究会を結成した。このころ新村は島崎藤村『春』、永井荷風『新帰朝者日記』を愛読しており、文学好きな若者たちに、社会主義に目を向けさせようと思い、これが半年後の高原文学会につながる。

五月十五日、群馬県高崎市の東北評論社が、「政治を軽蔑せずとはいえども、慮《おもんばか》るところありて、いまはただ思想の開拓にしたがわんと欲す」と、学術雑誌のスタイルをとって、「東北評論」を創刊した。これに新村も参加したが、「時事問題にふれていながら、保証金を納めていない」と、出版法違反で発行停止を命ぜられた。時事問題を論じる雑誌は、保証金を納めなければ、出版が許されなかった。

八月一日、保証金二百五十円を納めて、「東北評論」復刊号を出版したが、「赤旗事件の犯罪人を称賛した」と、編集人が新聞紙条例違反で起訴され、軽禁錮二カ月に処せられた。

この「赤旗事件」は、明治四十一年六月二十二日、東京・神田の錦輝館《きんきかん》で、社会主義者の出獄を歓迎する集会をひらき、〝硬派〟といわれる直接行動派のメンバーが、「無政府共産」の赤旗をかかげて、路上で警官隊と衝突したことをいう。逮捕されたのは、堺利彦、大杉栄、荒畑寒村、管野スガら十四人だった。

七月十五日、新村忠雄は、「高原文学」第一号のコラムに「秋峰」のペンネームで、「錦輝館の赤旗事件で、少女をふくむ四人の女性が拘束されたのは、すこぶる詩的であり、ロシアにでもありそうだ」と書いた。一八八一（明治十四）年三月、ロシア帝国の首都ペテルブルグで、ナロードニキ（人民の意思）派のテロリストたちが、皇帝アレクサンドル二世を爆裂弾で暗殺したとき、現場で指揮したのがソフィーア・ペローフスカヤという女であることに関心をもっていたからだが、この文章は警察からとがめられていない。

十月一日、「東北評論」の第三号を発行し、新村忠雄が発行人になった。この号も発行禁止になったのは、「安寧秩序を紊乱《びんらん》した」という理由だった。前橋地裁検事局から呼び出されたが、「裁判所は政府の代弁人であるから、出頭して弁解する必要はない」と東京へ出て、友人の下宿先に転がり込んだ。

十月二十七日、前橋地裁で欠席裁判がひらかれ、新村忠雄は、軽禁錮二カ月の判決を受けた。

しかし、「いずれ捕まればそのとき監獄へ行く」と、そのまま東京にいた。

十一月二十二日、巣鴨の平民社で、「大石誠之助君を歓迎する集い」がひらかれたので、新村も参加した。これがドクトル大石と初対面で、紀州の新宮へ行くきっかけになる。

十一月二十八日、新村の不出頭で、実家に警察の張り込みが続いていると知り、やむなく高崎市へ行き、警察に逮捕されて、前橋監獄に収監された。それが二十一歳のときで、逮捕・入獄は初めての経験だった。

明治四十二年二月四日、新村忠雄は、刑期満了で出獄した。高崎市の友人宅に泊まり、翌五日に東京府北豊島郡巣鴨村の平民社へ行くと、幸徳秋水と妻の千代子が、二人とも寝込んでいた。幸徳は下痢が止まらず、慢性リウマチの妻は、寒気で全身の痛みを訴える。このころ女中を雇う経済力はなく、すっかり同情した新村は、下男のつもりで住み込んだ。

三月一日、幸徳秋水は、妻の千代子に離婚を言い渡して、三月四日付で婚姻が解消された。

三月十八日、巣鴨の平民社をたたんで千駄ヶ谷へ移り、新村はリヤカーで荷物を運んだ。千駄ヶ谷の借家は、家賃十一円というのに広く、少し贅沢なような気がしたが、豊多摩郡淀橋町字柏木に住んでいた管野スガも、そちらを引き払って、平民社に荷物を運び込んだ。これが同棲のはじまりで、三十七歳の幸徳秋水と、二十七歳の管野スガは、事実上の夫婦になる。

管野の夫は、赤旗事件で入獄中の荒畑寒村だから、「同志の妻を略奪した」と、たちまち幸徳は非難された。こうなると新村は、身の置きどころがない。オロオロしていると、幸徳がこともなげに言った。

「紀州のドクトル大石が、病院が多忙なので、手伝ってほしいそうだ」

三月二十九日、新村忠雄は東京をはなれて新宮へ向かい、大石誠之助方で約五ヵ月をすごしたのである。

明治四十二年六月二十八日付「東京朝日新聞」は、「寒村の妻は秋水と同棲」との見出しで報じた。

《赤旗事件にて入獄中の荒畑寒村の妻、元毎日電報記者の管野スガは、同事件にて免訴となったあとは、新宿・柏木あたりの社会主義者の家を、そこここと渡り回っていたが、去る三月、彼らの首領、自由思想の本元である幸徳秋水氏のもとに寄寓した。秋水氏の前妻は千代子で、十年来の連れ添いだったが、夫婦のあいだに主義の一致なきは不都合なりと離婚し、千代子は尾州の姉の嫁ぎ先に身を寄せた。一方の秋水氏は、管野スガを引き入れて、雑誌「自由思想」の発行署名人とした。秋水氏のこのふるまいについては、社会主義者のあいだにも議論があるが、本人は、自由思想の実行のみと、とりあわず》

明治四十二年八月十四日、新宮の大石誠之助宛に、幸徳秋水から手紙が届き、「管野スガが、七月十五日に新聞紙条例違反で起訴・収監され、ほとほと困っており、新村を帰してほしい」

とあった。ドクトル大石は豪放磊落《らいらく》で、かなりの資産家でもあるから、新宮での生活は楽だった。このとき新村は、「秋水先生は身勝手だ」と、反発を覚えた。それでも応じたのは、五月から七月にかけ、「同志秋峰よ、中央で壮大な革命運動を起こそう」と管野スガが、熱っぽい手紙をよこしたからだ。

八月二十二日、新村は平民社へ帰った。九月一日、管野スガは、東京地裁で「自由思想」を秘密発送した罪で罰金四百円の判決を受けたが、控訴して身柄は釈放された。その管野が、「爆裂弾を早期に完成させたい」と、新村に言いはじめた。同席した幸徳も、黙って聞いている。平民社からは、四十二年五月十五日に「自由思想」一号、六月十日に二号を発行したが、いずれも発行禁止になり、罰金刑の追い打ちを受けている。

二人きりになったとき、新村は管野にたずねた。

「言論による伝道は、ことごとく封じられました。壮大な革命運動のために、爆裂弾が不可欠ですか？」

「そのとおり。秋峰同志とともに死ねるのなら、私に悔いは残らない。しょせん秋水は言論の人だから、私には物足りない」

なんという甘美な言葉だろうかと、全身がしびれる思いでいると、新村の頬にちょっと唇を当て、管野は風のように消えてしまった。

それから新村は、せわしなく東京と信州を往復している。

一九〇八（明治四十一）年十一月三日、宮下太吉は、愛知県亀崎町の自宅で、郵便小包を受け取った。差出人は不明だが、開けてみると、表紙に『入獄記念／無政府共産』とあるポケット判十六ページの小冊子で、五十部入っていた。

ページをめくってみると、次のようなことが書いてある。

《明治四十一年六月二十二日、日本帝国の首府において、わが同志の十余人が「無政府共産」の赤旗をかかげて、日本帝国の主権者に抗戦の宣言をなしたるために、同年八月二十九日、有罪の判決を与えられた。この小冊子は、諸氏の入獄記念のため、出版したのである。入獄した同志の不在中に、在京のわずかな同志による、心ばかりの伝道です。長い長い迷信の夢から、人々を呼び醒まし、近き将来になすべき革命運動のために、この小冊子により、広く深く伝道せねばならぬのです。無政府共産ということを会得し、ダイナマイトを投ずることも辞さぬ人は、一人でも多くに伝道してもらいたい》

いちおう活字印刷だが、文字の大きさも不揃いで、なかなか読みにくい。それでも文章はやさしく、宮下太吉は、たちまち引き込まれた。

《小作人は、なぜ苦しいのか。食物は自分でつくるのだから、上等のものを食うておるかというと、決してそうではない。上等の米は地主に取られ、自分は粟や麦のメシを食して、地主や商人よりも多く働き、それでも足らぬというのが、小作人諸君の一生涯の運である。これは、どうしたわけだろうか。一口にラッパ節で歌ってみれば、「なぜにおまえは、貧乏する。わけを知らずば、聞かせようか。天子、金持ち、大地主。人の血を吸う、ダニがおる」ということだ。昔から、泣く子と地頭には勝てぬというて、ムリな圧制をするのが、お上の仕事ときまっておる。こんな厄介者を生かしておくために、正直に働いて貧乏するのは、バカの骨頂である。こんな政府に税金をおさめることをやめて、一日も早く厄介者も滅ぼしてしまおう。そうして先祖の昔より、ムリに盗まれた財産を取り返し、みんなの共有にしようではないか。政府の親玉たる天子は、諸君が小学校の教師からだまされているような、神の子でもなんでもない。いまの天子の先祖は、九州の隅から出て、人殺しや強盗をしながら、仲間のナガスネヒコなどを滅ぼした。神様でないことは、少し考えてみれば、すぐ知れる。二千五百年つづきましたといえば、さも神様のように思われるが、代々、外は蛮人に苦しめられ、内は家来のオモチャにされてきた。明治になっても、外交に内政に、天子は苦しみ通しであろう。それは自業自得であるが、正直に働いておる小作人諸君は、食うことにすら苦しんでいるんだもの。日本は神国だというても、諸君は少しもありがたくないだろう。こんなわかりきったことを、大学の博士だの学士だのという弱虫どもは、言うことも書くこともできないで、ウソ八百で人をだまし、みずからを欺いている。小学校の教師などもウソが上手になり、天子は神の子であると、諸君や諸君の子に教えこんでいるから、いつまでも貧乏とはなれることができない。ここまで説けば、いかに堪忍強い諸君でも、奪われていたものを取り返すために、命がけの運動をする気になるだろう。しからば、いかにして実行するかというと、方法はいろいろある。まず小作人諸君としては、十人でも二十人でも連合して、地主に小作米を出さぬこと、政府に税金と兵士を出さぬこと。これを実行すれば、正義は友をふやすものであるから、一村より一郡におよび、一郡より一県にと、日本全国より全世界におよぼし、ここに安楽自由なる、無政府共産の理想国ができるのだ。なにごとも、犠牲なくしては、できるものではない。われと思わんものは、この正義のために、命がけの運動をせよ》

赤旗事件で逮捕・起訴されたのは十四人で、明治四十一年八月二十九日、東京地裁で判決を受けた。

《重禁錮二年六カ月、罰金二十五円》
大杉栄（著述業・二十三歳）。
《重禁錮二年、罰金二十円》
堺利彦（著述業・三十七歳）、山川均（著述業・二十七歳）、森岡栄治（新聞通信員・二十三歳）。
《重禁錮一年六カ月、罰金十五円》
荒畑寒村（平民新聞記者・二十一歳）、宇都宮卓爾（平民新聞記者・二十四歳）。
《重禁錮一年、罰金十円》
百瀬晋《すすむ》（平民新聞記者・十八歳）、大須賀さと（学生・二十六歳）、村木源次郎（工業所事務員・十八歳)、佐藤悟(無職・十九歳)。
《重禁錮一年―執行猶予五年、罰金十円》
徳永保之助(無職・十九歳)、小暮れい(無職・十八歳)。
《無罪》
神川マツ(学生・二十三歳)、管野スガ(毎日電報記者・二十七歳)。
小冊子には、「きたるべき革命は無政府共産にあることを会得せられし諸氏は、ただいま入獄中の同志にハガキにても封書にても送られたし。これは入獄の同志にとって唯一の慰めで、かつ戦士の胆力を研究する福音です」とある。
しかし、宮下太吉は、東京・市ヶ谷の東京監獄へ手紙を書くよりも、「伝道」に出ることにした。

明治四十一年十一月九日、天皇は奈良方面における陸軍特別大演習と、神戸における観艦式に臨むため、東京を出発した。そのお召し列車が、東海道線の大府駅を十一月十日午前中に通過するので、亀崎からも奉迎に出かける。武豊線で亀崎から大府まで、十・二キロメートルである。鉄工所の仕事を休んだ宮下は、十一月三日に届いたばかりの『入獄記念/無政府共産』を二十冊ほどポケットに入れて、奉迎の列にくわわった。
ずいぶん警備はきびしいが、群集のなかの目星をつけた人たちに、宮下は小冊子を配った。

「天皇陛下なんて、そんなにありがたいもんじゃありませんよ」

しかし、受け取った側は、なにがなんだかわからない。その場で突っ返すことはしないが、まるで関心を示さないから、宮下はささやいた。

「われわれとおなじ人間で、神様でもなんでもないんです」

「生き神様にたいして、なんと恐れ多いことを……。そう言うあんたは、頭がおかしいのか」

「迷信にとらわれて、そう思い込んでいるだけのこと。われわれとおなじで、切れば赤い血が流れます」

「いまにあんたは、不敬罪で捕まるよ。余計なことを言わないで、早くあっちへ行きなさい」

だれに話しかけても、似たような反応である。ぐずぐずしていると、警察に突き出されかねないので、宮下はあきらめて亀崎へ帰った。


一九〇九（明治四十二）年二月十三日、宮下太吉は、製材機械を据え付けるために東京へ出張した。午前七時に新橋駅に着くと、人力車で深川区木場の武市製材所へ向かい、あいさつと簡単な打ち合わせをしたあと昼食をすませ、その日は仕事をしなくてもよいので、北豊島郡巣鴨村の平民社を訪ねたのである。

明治三十九年六月二十三日、幸徳がアメリカから帰った。一月に発足した第一次西園寺《さいおんじ》公望《きんもち》内閣が、日本平民党（西川光二郎ら）や日本社会党（堺利彦ら）の結成を認めたので、二月に二つの政党が合同して日本社会党になり、第一回党大会をひらいている。六月二十八日、幸徳は神田の錦輝館で「世界革命運動の潮流」と題する演説をして、これが帰国第一声だった。

《欧米の同志は、いわゆる議会政策以外において、社会的革命の手段を求め、それを発見している。それは爆弾か、匕首《あいくち》か、竹槍か、筵旗《むしろばた》か。いや、これらは十九世紀前半の遺物である。将来の革命の手段として、欧米の同志が求めたのは、このような乱暴なものではない。ただ、労働者の全体が、手をこまねいてなにもしないことである。数日もしくは数週間、あるいは数カ月で足りる。換言すれば、いわゆる総同盟罷工《ひこう》をおこなうことである》

明治四十年一月十五日、幸徳秋水、堺利彦らによって、日刊「平民新聞」が創刊された。社会主義の日刊新聞および書籍雑誌を発行する目的をもって、平民社を結成している。発行所は京橋区新富町で、ブランケット判四ページの新聞は、一部一銭、一カ月二十五銭、地方直送は郵便代をふくめて一カ月三十二銭だった。

愛知県の亀崎鉄工所にいる宮下太吉は、日刊「平民新聞」を定期購読したことから、社会主義者になる。

一九〇七（明治四十）年二月五日付日刊「平民新聞」に、幸徳秋水の「余が思想の変化」が発表された。

《余は正直に告白する。社会主義運動の手段と方法についての意見は、一昨年に入獄したころから少し変わり、昨年のアメリカ旅行によって大きく変わり、われながら別人の感がある。いまの思想は「普通選挙や議会政策では、社会的な革命をなしとげることはできず、団結した労働者の直接行動によるほかはない」ということである。労働階級の欲するところは、政権の略取ではなく、「パンの略取」である。法律ではなく、衣食である。ゆえに議会にたいして、われわれの社会主義運動は、これから議会政策をとることをやめて、団結した労働者の直接行動をもって、その手段と方法にすることを望む》

明治四十年二月十七日にひらかれた第二回日本社会党大会では、直接行動派と議会政策派の対立が深まって、混乱はピークに達した。日本社会党の党則に、「国法ノ範囲内ニ於テ社会主義ヲ主張シ」とあった。これを変更し、「社会主義ノ実行ヲ目的トス」とした。このことを報じた二月十九日付「平民新聞」は、「幸徳秋水氏の演説」などの記事によって、発売頒布停止ならびに差し押さえ処分を受けた。

二月二十二日、内務大臣の原敬は、日本社会党の結社禁止命令を出した。日刊「平民新聞」は直接行動派の機関紙になっていたから、新聞紙条例の「朝憲《ちようけん》紊乱の罪」に問われるなどして、四月十四日付第七十五号で、ついに廃刊した。

六月一日、半月刊「大阪平民新聞」が創刊された。発行所は、大阪市北区上福島で、解散させられた日本社会党の直接行動派の森近運平が、編集兼発行人だった。資金を提供したのは、大阪で「滑稽新聞」を発行する宮武外骨《がいこつ》で、定価は一部五銭の十六ページ建てである。

宮下太吉は、半年分の五十五銭を前納して、「大阪平民新聞」を購読した。幸徳秋水、堺利彦らも寄稿しており、明治四十年十一月五日から「日本平民新聞」と改題した。

しかし、大阪の「日本平民新聞」は、四十一年五月五日付の第二十三号で廃刊する。社説を書いている森近運平が、治安警察法違反で起訴され、重禁錮十五日・罰金二円に処せられて入獄するなどして、経営できなくなったのである。

四十一年二月五日付の「日本平民新聞」に、森近が「脳と手」と題して、宮下太吉のことを書いている。

《宮下君ら十名の同志は、面倒くさい本こそ読まないが、カナヅチ、マサカリ、ネジ廻しをもって、機械を組み立てる技術を持った人である。その頭脳の明晰なること、とうてい帝国大学の先生方の及びあたわざるところであると感じた》

これは宮下が、大阪へ製材機械の据え付けに出張したとき、一人で大阪平民社を訪ね、亀崎鉄工所の同僚たちと、友愛義団を結成したことを話したからだ。この訪問の目的は、「労働者が議会政策派の言うように、普通選挙の実施を求めたところで、世の中は変わらないのではないか」とのグループの疑問を、森近に聞いてもらうためだった。

森近は「脳と手」に書いている。

《僕はいろいろと話を聞き、諸君の意見や疑問とする理由を伺ったのである。ところが僕は、一言も答える必要がなかった。諸君はみずから判断し、僕は先輩の本を読んで、同一の結論に達しているということを、告白したのみであった》

明治四十一年五月二十二日、大阪平民社は、解散式をおこなった。しかし、編集兼発行人だった森近は、山川均「百姓はなぜ苦しいか」、堺利彦「貧乏人と金持ちの喧嘩」などを掲載したことにより、出版法や新聞紙条例違反に問われていた。軽禁錮二カ月に処せられて、七月八日から大阪監獄に収監され、九月六日に出獄すると、まもなく上京している。

明治四十二年二月十三日、宮下太吉が、東京へ出張した日に、北豊島郡巣鴨村の平民社を訪ねたのは、森近運平に会うためだった。このとき玄関先で応対したのが、新村忠雄だった。二月四日に前橋監獄を出て、五日に平民社へきてみると、幸徳秋水と妻の千代子が、二人とも寝込んでいたから、同情して下男のつもりで住み込んでいた。

「森近さんなら、自宅にいますよ」

「ハガキをもらって、住所はわかっているので、巣鴨停車場のあたりを探したけど、なかなか見つからない。平民社は有名だからききました」

「失礼ですが、お名前は?」

「三河の亀崎鉄工所に勤めている宮下太吉です」

「ああ、ご高名は存じております」

華奢《きゃしゃ》な体つきの若者は、パッと表情を輝かせると、座敷に上がるように勧めた。

「秋水先生がいます。ぜひ、会ってやってください」

この書生は、天下の幸徳秋水のことを、まるで身内みたいな口をきく。そう思いながらも、宮下としては、「会ってやってください」と言われて、悪い気はしない。

「それはありがたい。森近さんから紹介していただき、秋水先生にお会いして、相談事をするつもりでした」

「いや、かまいませんよ。私が呼んで来ます」

玄関の三畳間に上がった宮下は、茶色の二重マントをたたんで、羽織姿で正座をした。そこへ幸徳秋水が、ひょっこり顔を覗かせた。

「寒いでしょう。こっちへいらっしゃい。いくらか暖かいですよ」

「ぶしつけな訪問で、まことに申し訳ありません」

「なんのなんの。あなたのことは、森近君から聞いています。彼が書いた『脳と手』は、とても印象的でした」

「恐れ入ります」

四つ年下の宮下は、念願の幸徳秋水に面会できて、胸の高鳴りを覚えた。火鉢のある四畳半の部屋に入り、小柄な幸徳と向かい合ったとき、さっそく切り出した。

「重要な相談事があります。人払いを願いたい」

「ほう?」

八の字ヒゲの幸徳は、芝居がかった宮下の言いかたに、いくぶん当惑したようだが、人懐っこい笑顔になった。

「人払いといっても、さっきの新村忠雄君と、愚妻と、たまたま来あわせた管野スガ君がいるだけです」

「あとで紹介していただくことにして、単刀直入に申し上げたい」

「ふむ」

「私は覚悟をきめたのです。爆裂弾をつくり、天子の馬車に投じることにしました。その可否について、先生のご意見を伺いたい」

「……」

さすがに幸徳は、驚いた様子だったが、つと立ち上がって部屋を出て、戻ってきたときは冷静だった。

「お望みどおりに、人払いをしてきましたよ。あなたの話を聞くことに、やぶさかではありません」

「ということは、協力することを惜しまない?」

「それは違います。やぶさかというのは、吝嗇《りんしょく》の『吝』の字を当てる。物惜しみすること。ケチなさま」

「わかりました。私の話を、聞くだけ聞こうということですね」

「そう理解いただきたい」

このように言われてみると、宮下太吉としても、みずからの短兵急《たんぺいきゅう》を思わないわけにはいかない。

明治四十年四月二十四日に公布された改正刑法の〔皇室ニ対スル罪〕に、「天皇、太皇太后、皇太后、皇后、皇太子又ハ皇太孫ニ対シ危害ヲ加へ又ハ加へントシタル者ハ死刑ニ処ス」とある。つまり、犯行をくわだてただけで死刑である。この大逆罪は、大審院で公判に付されて、一審にして終審だから、控訴・上告はできない。いきなり犯行計画を打ち明けられ、その可否を問われたとき、幸徳秋水ともあろう者が、軽率な返事をするわけはなかろう。

そこで宮下は、順序だてて話すことにした。

「私は亀崎鉄工所へ移るまでは、大日本車両会社の熱田工場で職工をしておりました。そのころは、放蕩無頼というか、酒を飲んではケンカをして、腕っ節には自信があるので、地回りのヤクザからも、一目おかれていました。まだ若かったので、女郎買いをよくして、馴染みになった女の年季が明けたので、手に手を取って、亀崎へ移りました。それがいまの女房で、じつは九つ年上です」

「いいじゃないですか。姉さん女房とは羨ましい」

「世話女房ではありますが、悋気《りんき》がきつくて、尻に敷かれております。そんな私が、ふと社会主義にめざめました」

「どういう次第で？」

「職工は、毎日のように汗水を垂らして働き、機械にはさまれて手足を失う者もおります。私はあちこちの工場で、それを目撃してきました。その一方で資本家は、なんの危険もなく、美衣美食しております。不平等な世の中だと思いながら、これも生まれつきの運命だから、仕方ないとあきらめておりました。しかるに、明治四十年一月から日刊『平民新聞』を郵便で購読するようになり、不平等を救済することができると書いてあるので、これはよい主義であると、大いに感心した次第です」

「それはよかった。われわれが苦労して、新聞を発行した甲斐があります」

「あまり本も読まなかった私が、『平民新聞』だけではなく、社会主義の書物に読みふけるようになり、突き当たった疑問があります。失礼ながら、秋水先生の著述にも、ずばりとは出てこない」

「天皇制のことですな」

「さようです。社会主義を実行するにあたり、皇室をいかにすべきかの疑問を、つよく抱くようになりました。明治四十年十二月、私は大阪平民社を初めて訪ねて、森近主筆に会ったとき、日本の歴史と皇室のことを質問したのです」

「その面会のときのことを、森近君が『脳と手』に書いたんですか」

「いいえ。あれは二回目の訪問で、四十一年二月のことです。最初のとき、森近さんは私の質問に、『日本の歴史は、中国の文物制度を導入したあと、いい加減なものをこしらえたのだから、とても信用できない。神武天皇が、大和の橿原《かしはら》で即位したというのもウソで、九州の一地方からおこり、ナガスネヒコらを倒し、その領土を横領したにすぎない。したがって、その子孫を天子として尊敬するのは、いわれのないことである』と答えられました」

「正しい認識ですよ」

「しかし、私が亀崎の職工たちに、社会主義の伝道をして、政府を倒すとか、大臣を攻撃するとか言うと、たいてい納得してくれるのですが、天子とか皇族は、平等な社会では不要であると説けば、たちまち反対されるんです。これは皇室にたいする迷信があるからで、この迷信を打破するには、まず爆裂弾をつくって天子に投げつけ、われわれと同じ血の出る人間であることを示したい。私はその決心をして、これから実行しようと思っています」

「その決心をした時期は？」

「明治四十一年十一月十日です」

「三カ月前ですな。どうして日付が、そんなにハッキリしているんですか」

「その日の午前中に天子が、関西に行幸するため、東海道線の大府駅を通過なされた。私も勤めを休んで行き、亀崎から来ている人たちに、『天皇陛下なんて、そんなにありがたいもんじゃありませんよ』と、説いて聞かせたんです。ところがだれも、真剣に耳を傾けようとはせず、

『そう言うあんたは、頭がおかしいのか』と、追い払われる始末でした。それでいて、警備の警察官の指示には、『はい、はい』と従順だから、私はその場において、迷信を打破するために爆裂弾を天子の馬車に投げつける決心をしたわけです」

「あなた一人で?」

「決心は自分でしましたが、その一週間ほど前に、『入獄記念/無政府共産』と題した、赤旗事件で入獄した人たちのための小冊子が、差出人不明で送られてきました。そのなかに、『長い長い迷信の夢から、人々を呼び醒まし、近き将来になすべき革命運動のために、この小冊子により、広く深く伝道せねばならぬ』とあったから、私は大いに感心して、さっそく大府駅に行きました」

「なるほど、そういうことでしたか。あのパンフレットねぇ」

このとき幸徳秋水は、ちょっと皮肉っぽい笑みを浮かべた。それを見て、宮下太吉は、重大な決意を打ち明けたというのに、これはどうしたことかと、はなはだ不本意であった。

「秋水先生のところにも、送られてきましたか」

「送られてきたというより、持ち込まれたんです。平民社から発送したいということでしたが、それでなくても発禁続きですから、あんなものを発送したとなると、息の根を絶たれることになるから、お引き取り願いました」

「だれが持ち込んだのですか」

「それは言えません。しかし、わざわざ当局に提出した者がいて、大不敬であると色めきたっているそうだから、あなたも注意したほうがよい」

「あんなもの……とおっしゃいましたが、私は読んでとても感心して、爆裂弾をつくる決心をしました」

「それはわかっています」

「その可否について、先生のご意見を伺いたい」

ここで問いかけると、幸徳秋水は、言葉を選びながら答えた。

「いずれ将来は、その必要があるかもしれない。また、そのようなことをする人もいるでしょうな」

それだけ言うと腰を上げた。黒足袋の底には、穴があいている。

「森近君の家は、わかりにくいから、家内に案内させますよ」

なんだか宮下太吉は、肩すかしを喰わされたような気がしたが、幸徳はやさしい声で付けくわえた。

「彼との話が終わって、あなたに時間があるようなら、一緒にきてください」

それで宮下は、ほんとうは心が暖かいのだと、ホッとする思いだった。

一九一〇（明治四十三）年四月二十六日は、たまたま新村忠雄の誕生日で、満二十三歳になった。

午前十時すぎ、姨捨山の長楽寺で、宮下太吉と待ち合わせ、爆裂弾の再試験をする場所を探したが、それにふさわしいところは、とてもなさそうだった。山深いところならともかく、千曲川べりまで下りた宮下は、しきりにあたりを見まわしているが、本気かどうかさえ疑わしい。

「あのとき雪さえ降らなければ、明科の長峰山で、再試験ができたのになぁ」

宮下がボヤいたのは、二月六日、新村が明科を訪ねて、再試験に立ち会うことを告げたとき、そのつもりになって準備をはじめたのだが、たいへんな降雪になり、裏山へ行けなくなったからだ。

「むしろ今日は、こんな晴天ではなくて、雨でも降ってくれていたら、これほど人出もなかっただろうに……」

「宮下君、もう一度だけ聞くが、去年の十一月三日の爆裂弾試験は、ほんとうに成功したんだろうね」

「おい、冗談じゃないぞ。君までぼくを疑っていたのか」

「そういう意味じゃない。念を押しただけだ」

「もちろん成功したさ」

「わかった。ぼくから幽月さんに、『同志宮下を信じる』と、手紙で報告しておく。今日の再試験は、とてもムリだから、後日ということにしよう」

「いつのことだ」

「君のつごう次第だよ」

「わかった。五月一日にしよう。この日は工場の定休日だから、思い切って遠出をすることもできる」

「どこで待ち合わせる?」

「今日とおなじところへ、おなじ時刻にきてくれ。それまでにおれが、くわしい地図を見て、場所を研究しておこう」

「こんどこそ再試験を成功させなければ、幽月さんが可哀相だからな」

「あの女傑をつかまえて、可哀相はないだろう」

なぜか宮下が、食ってかかる口ぶりなので、新村は呆れてしまった。

明治四十三年三月二十二日、管野スガは、千駄ヶ谷の平民社をたたむと、幸徳秋水と二人で、湯河原温泉の天野屋旅館へ行った。幸徳は静養をかねて、管野とともに長期滞在し、『通俗日本戦国史』を執筆するという。

その「編集趣意書」に、「各個人にしても、社会全体からみても、幸福な生活をいとなみ、偉大な発展をなそうというときは、その方法を過去の経験知識に求めるほかない。それを貯蓄し、整理し、配列したものが歴史です」とある。三年にわたる出版計画で、全十巻の編集経費を六千円と見積もり、その一部が幸徳に前渡しされる約束だった。「自由思想」による安寧秩序紊乱、発行禁止後の頒布の罪などで、東京地裁で合計六百四十円の罰金刑に処せられて、東京控訴院に控訴して保釈中の管野は、分割払いするつもりでいた。しかし、湯河原へ行ってみると、まるで約束とは違い、カネが前渡しされない。

新村は、つとめて穏やかに言った。

「幽月さんは、四月十五日に控訴を取り下げて、換刑で入獄することにした。百日ちょうど入獄すれば、秘密発送の四百円の罰金を納めたことになるんだよ」

「おれにきた手紙には、そこまで書いてなかった」

「つまり幽月さんは、秋水先生と訣別し、壮大な革命運動に生きることにした。百日間の換刑を終えて出所したら、爆裂弾を命がけで投じるそうだ。その幽月さんが、前もって爆裂弾の威力を知りたがるのは、人情としてムリもないだろう」

「そうか、再試験の結果を知らされないまま入獄するのは、可哀相ということだったのか。おれの考えが足りなかった。このとおり謝るよ。五月一日には、かならず成功させよう」

ぺこりと頭を下げた宮下は、意外なことを口にした。

「よく考えてみると、おれの女房というのも、可哀相な女なんだ」

「苦界に身を沈めて、ずいぶんつらかっただろう」

「生まれは横須賀で、裕福な家に育ったらしいんだが、親が夫婦別れをして、どっちも行方知れずになった。それで遠縁の家に引き取られたんだが、この養父母が人間の皮をかぶった獣で、十三のときに女郎屋へ売り飛ばした。こんな可哀相なことが、世の中にあってよいものか」

「まったく、宮下君の言うとおりだ。しかし、君に出会って相思相愛となり、内縁とはいえ夫婦の契りを結んだのだから、彼女にとっては幸せだと思うね」

「そうだろう。そこなんだよ。その小さな幸せを、おれが主義に殉じることで、奪い去ってよいものだろうか」

そう問われた新村は、あまりの意外さに、愕然としてしまった。かつて森近運平から、「その頭脳の明晰なること、とうてい帝国大学の先生方の及びあたわざるところであると感じた」と評された宮下が、こんなことで煩悶《はんもん》しているとは、想像してみたこともない。

「これまで君は、彼女が社会主義を毛嫌いして、わずらわしいから捨ててきた、とぼくらに説明してきたね」

「そのとおりなんだ。あまりにも無知で、周囲の者に吹き込まれたことを、すぐに信じ込んでしまう。女房に言わせると、社会主義者なんて、火付け強盗のたぐいでしかない」

「だから別れたんだろう」

「それはそうだけどさ。社会主義を伝道して、鼓吹すべき立場の者が、女房一人を感化できなかったとすれば、やっぱり考えものじゃないかな」

いつもの宮下とは違って、青菜に塩といった様子だから、新村としては、どう答えればよいかわからない。

「ぼくは独身で、夫婦の機微といったものは、もちろんわからない。じつは今日が誕生日で、満二十三歳になったばかりなんだよ」

「それはおめでとう。二十三歳といえば、おれが愛知県でサクを身請けして、新所帯をもったころさ」

「これからぼくの家へ行って、昼食をともにしようじゃないか。母が朝から、赤飯を炊いているんだ」

「お邪魔じゃないのか」

「みんな出払って、昼間はがらんとしているから、気兼ねをすることはない。それにぼくは、いつも明科で、ご馳走になっている」

「じゃあ、せっかくだから、お呼ばれにあずかるとしよう」

ようやく宮下が、いつもの笑顔に戻ったから、新村は安心して千曲川を渡り、屋代駅裏の実家へ案内した。

その途中で、行き合う人たちが、新村に向かってお辞儀をする。ていねいに応じながらも、照れくさい思いがして、なにか言わずにはいられない。

「ぼくの男きょうだいは、六つ上の善兵衛兄なんだが、幼いころから、よく散歩に連れ出してくれた。このあたりでは、兄弟が仲良く歩くのが珍しいらしく、よくからかわれたものだよ」

「そういえば、おれが製材所に正式に採用されたとき、保証人になってもらった。屋代町の新村といえば、相当な家柄として信用があるらしく、すんなりと通った。今日はお兄さんに、あいさつできないかな」

「忙しく出歩いているから、たぶんいないだろうが、ひょっこり戻ってくることもある。兄一人のときだったら、社会主義でも無政府主義でも、話題にしてもかまわないが、母が居合わせたときは、避けるようにしてほしい」

「もちろんだよ。しかし、君はなんと言って、家族の干渉を排除しているのか」

「壮大な革命運動を前にして、気取られては一大事だから、外国へ行くつもりだと、母や兄をあざむいているよ」

「じゃあ、主義の話はよそう」

町並みに近づくにつれ、宮下は話題を変えた。

「じつは姨捨山のことだけどさ。おれが聞いている伝説は、こういう筋書きなんだよ。むかし、むかし……」

信濃国に、年寄りの嫌いな殿様がいたので、七十歳になった老人は山へ捨てるように、お触れを出した。ある月明かりの夜、一人の若者が老母を背負って、姨捨山へ登って行った。しかし、七十歳になった母親を、どうしても捨てることができず、そのまま背負って山を下り、こっそり床下に穴を掘ってかくまった。そのころ殿様のところへ、隣国から使者がきて、「灰で縄をなえ。九曲の玉に糸を通せ。それができなければ国を攻める」と、難題をもちかけた。困った殿様は、お触れを出して、この難題を解くことのできる知恵者を探した。これを知った若者が、床下の母親にたずねると、「塩水にひたしたワラでなった縄を焼けばよい。九曲の玉の穴の一方にハチミツを塗って、その反対側から糸を結んだアリを通せばよい」と教えた。さっそく若者が殿様に申し出たので、あわやというところで国難を救われた殿様が、「なんなりと申すがよい。褒美は望みのままである」と言うと、若者は「私の老母を助けてください。この知恵を授けてくれたのは七十歳になった母親です」と、床下に隠していたことを打ち明けた。国難を救ったのが老婆の知恵であることを知った殿様は、いたく感銘して、老人を大切にすべきことを悟り、姨捨のお触れは、ほどなく廃止された……。

「めでたし、めでたし、ということなのだが、これでよいのかな」

宮下に問われて、九つ年上の女房のことで、ナゾをかけられたと思ったが、新村は正直に答えた。

「屋代町に伝わる話は、それとはだいぶ違うよ」

信濃国の更級に住む男は、幼くして母を亡くし、伯母に育てられた。やがて結婚すると、妻が老いた伯母を憎んで、なにかと告げ口をする。たしかに伯母は、すっかり耄碌《もうろく》してしまった。ことあるごとに妻が、「山奥へ捨てればよい」と言うので、とうとうその気になり、月明かりの夜に「山寺に尊い僧がいるので説法を聞きに行こう」と誘うと、伯母はたいそう喜んだ。その寺は山奥にあると、背負って山頂近くまで行き、男は一人で帰った。しかし、実母のように添い寝して育ててくれたことなどを思うと、悲しさがこみあげてきた。月はますます明るく照り、男はその夜は一睡もできずに、悲しみにくれながら、「我こころなぐさめかねつさらしなや姨捨山にてる月を見て」と詠んだ……。

「その歌は、古今和歌集に、詠み人知らずで収められている。めでたし、めでたしとはならないけれども、人民に感謝する殿様なんて、いかにもウソっぽい。こっちの伝説のほうが、信じるに値するよ」

「古今和歌集というのは？」

「延喜五年に成立したから、ちょうど千年くらい前だ」

「それで詠み人知らずか」

宮下太吉が、黙り込んでまもなく、信越線の屋代駅近くにある家に着いて、新村忠雄は、自分の部屋へ通した。

「こっちの棚に、宮下君の本がある」

明治四十三年三月二十八日、新村は明科の宮下の下宿から、社会主義関係の本を持ち帰った。これは宮下が、「社会主義とは縁を切った」と、周囲の目をあざむくためである。

幸徳秋水著『二十世紀之怪物帝国主義』(明治三十四年四月刊)

幸徳秋水著『長広舌』(明治三十五年二月刊)

幸徳秋水著『兆民先生』(明治三十五年五月刊)

煙山《けむやま》専太郎著『近世無政府主義』（明治三十五年十一月刊）
幸徳秋水著『社会主義神髄』（明治三十六年七月刊）
久米邦武著『日本古代史』（明治三十八年七月刊）
幸徳秋水著『平民主義』（明治四十年四月刊）
ローレル著『経済組織の未来』（明治四十年十二月刊）
加藤清著『帝国軍人座右之銘』（明治四十一年十一月刊）
バジンスキー著『道徳否認論』（明治四十一年十二月刊）
クロポトキン著『パンの略取』（明治四十二年一月刊）

これらの本のなかで、新村が持っていなかったのは、『日本古代史』だけである。早大出版部から刊行されており、ページをめくってみると、「これまでの俗伝には、日本は国土も人民も、元はみなイザナギ、イザナミの二尊より生まれ、その種の繁昌したるものにして、ほかに比類なき国と誇りたれど、かかる談は、いまは科学の下に、烟と消えたり」と、国史の神話性を否定している。

「いつ宮下君は、この本を入手した？」

「天皇制に疑問を抱いてまもなく、明治四十年十二月、森近運平さんに会ったとき、久米教授の著書を教えられた」

「菊判で九百二十四ページの堂々たる講義録だなぁ」

「この先生は、東京帝大史学科の教授だったが、明治二十四年十月から十二月にかけて大学の研究雑誌に、『神道は祭天の古俗』という論文を発表し、科学的かつ合理主義的な考察をくわえた。これに伊勢地方の神道家たちが反発して、大学当局と久米教授に執拗な攻撃を続けたから、辞職せざるをえなくなった。久米邦武という人は、佐賀藩の下級武士の出で、維新いらい政府の官吏をつとめ、学問の分野において実証的歴史学を定着させようとしていた。東京帝大を追放されて不遇だったが、佐賀出身の大隈重信が創設した早稲田大学に招かれて教壇に立ち、堂々たる講義録になった。学者というのは弱虫先生ばかりじゃないんだと、おれは嬉しかった」

「それにしても宮下君は、意外に勉強家なんだ」

「いやいや、一つのことに疑問を抱くと、しつこくなるだけのことさ」

「ローレル著『経済組織の未来』が、秋水先生の翻訳と知っていた？」

「この本の原題は、ソーシャル・ゼネラル・ストライキだから、『社会的総同盟罷工論』と訳すべきところを、当局を刺激してはいけないから、秘密出版にあたり、秋水先生が『経済組織の未来』とした」

「すごいな。英語も解するか」

「なんのなんの。森近運平さんの受け売りだよ。アハハハ」

ようやく宮下が、いつもの高笑いをしたので、新村は書棚の下の引き出しから、手に入れたばかりの絵ハガキを取り出して見せた。

「サンフランシスコの平民社が、安重根のためにつくったもので、秋水先生のところへ送られてきた。その貴重なものを、ぼくが一枚もらうことができた」

「伊藤博文を、満州のハルビン駅で撃ったテロリストか」

「明治四十三年三月二十六日、旅順の監獄で、絞首刑に処せられた。しかし、この命がけの義挙によって、安重根の名前は、永遠に歴史に残る」

「そういうことだなぁ」

宮下太吉は、絵ハガキを手にすると、しばらく無言で見入った。

安重根の写真は、逮捕後に日本の憲兵隊が撮影したもので、左手だけを胸に当てている。その薬指の第三関節から先が欠けているのは、一九〇八（明治四十一）年十一月末、ロシアの沿海州に亡命中の韓国人グループが指を切り落とし、「大韓独立」を国旗に血書したからだ。

その顔の両側に、「秋水題」として、漢詩が印刷されている。

舎生取義　生をすてて義をとり
殺身成仁　身を殺して仁をなす
安君一挙　安君の一挙で
天地皆振　天地みなふるう

ハガキの下側に、英文の説明があり、サンフランシスコ平民社の岡繁樹が書いたという。「万朝報」主筆の黒岩涙香の従弟で、幸徳秋水に心酔している。

《安重根は、ハルビンで伊藤公爵を暗殺した朝鮮の殉教者である。この写真に見られるように、朝鮮の古い習慣によって切断された左手の薬指は、弑逆《しぎやく》の宣誓をあらわしている。写真の上部に記された文字は、卓越した日本の無政府主義者の幸徳秋水が書いた詩の複写で、殉教者の勇敢な行動を称賛している》

絵ハガキに見入っている宮下に、新村が興奮した口ぶりで言った。

「指を切り落として血書するのを、『断指同盟』というそうだ。壮大な革命をめざして、ぼくたちもやるとするか」

「ちょっと待ってくれ。あくまでも、朝鮮の古い習慣だろう。そんなことを真似ようものなら、おれは機械職工として、明日から仕事ができなくなるぞ」

「しかし、決意が揺らぐようでは、壮大な革命への途は閉ざされる」

「新村君に聞きたいのだが、その『壮大な革命』というのは、どういうことを意味するのか」

「きまっているだろう。無政府共産の理想社会をつくることだ」

「十個や二十個の爆裂弾で、理想社会がつくれるかね」

「じゃあ聞くが、宮下君はなんのために、爆裂弾をつくる決心をしたのか」

「天子も人の子であって、生き神様なんかではない。人々の迷信を醒ますために、赤い血を流させる」

「それはわかるけれども、単なるテロリズムでは、理想社会をつくる革命運動とはいえない」

「単なるテロリズムとはなんだ！」

宮下が大声を上げたとき、新村の母ヤイが顔を出した。

「お友だちがいらっしゃるんでしょう。善兵衛も帰ってくるから、お昼を一緒に召し上がれ」

それで二人とも、大慌てに絵ハガキを隠すなどして、その場をつくろった。


一九一〇（明治四十三）年五月一日、新村忠雄は、宮下太吉との約束どおり、篠ノ井線の姨捨駅へ行った。しかし、午前十時にくるように指定した宮下太吉は、その列車に乗っていなかった。なにかの事情で乗り遅れたのなら、次の列車でくるのだろうが、それまで二時間もある。

「困った職工長だが、彼がこないことには始まらない」

四月二十六日に会ったとき、宮下は「五月一日にはかならず成功させよう」と、爆裂弾の再試験を約束したのである。官営の明科製材所は、一日と十五日が休業日だから、どこか遠出してでも実行すると言った。新村としては、その弁を信用して、張り切ってきたのだ。

五日前と違って、風もなくポカポカと暖かい。新村は次の列車がくるまで、目立たないように待つことにして、姨捨山の南斜面へ回った。

「幽月さんのところへ、手ぶらで行けないものなぁ」

管野スガは、五月に入ったら湯河原の旅館を出て、東京へ戻ると知らせてきた。やはり幸徳秋水と別れることにして、壮大な革命運動に身を投じる。三月二十二日に、千駄ヶ谷の平民社を解散して、その空き家に次の入居者が入った。しかし、向かいの家の産婆が親切な人で、管野に一室を提供してくれる。そこですごして、五月半ばに監獄に入るという。そうして百日間の服役をすませて、九月初めに出獄してから、秋の決行にそなえるのだ。

新村忠雄は、管野が入獄するときは、見送りに行く約束をしている。そのとき宮下太吉を連れてくるように、くりかえし言われている。やはり管野は、爆裂弾そのものが存在するかどうか、どこかで疑っているから、宮下に確認せずにはいられないらしい。

「幽月さんは、只者ではない」

ロシアのナロードニキ（人民の意思）による皇帝暗殺計画は、九回も失敗を重ねて、十回目に成功したといわれる。しかし、自分たちに失敗は許されず、一回で成功させなければならない。それが管野の口癖で、和製ソフィーア・ペローフスカヤとして、現場で指揮することになっている。

「ぼくは幽月同志と、かならず一緒に死ぬのだ」

一八八一（明治十四）年六月七日、管野スガは大阪で生まれた。父親は鉱山師で、京都、東京、愛媛、大分を転々とし、高等小学校を卒業するまでは、経済的に恵まれた家庭だった。子どもは男三人、女二人で、上から二番目の長女だが、兄は夭折している。十一歳のとき、母親が死亡して、そのころ父親の鉱山事業が傾き、すぐ下の弟が死亡した。明治三十二年九月、十八歳で東京市深川区の商家に嫁いだが、子どもは生まれなかった。三年後に、父親が中風で倒れたので、看病するといって大阪へ帰り、そのまま離婚した。

二十一歳の管野は、大阪の小説家の宇田川文海《ぶんかい》に弟子入りした。宇田川は新聞記者として「大阪朝日新聞」や「大阪毎日新聞」などに勤務し、多くの新聞小説を書いている。五十代半ばの宇田川は、大阪の新聞界と文壇の実力者で、管野は妾のような存在になり、病気の父と弟妹の面倒をみた。そのころ宇田川が、「大阪新報」という新聞に関係していたので、管野も小説や随筆を書くようになった。

二十二歳のとき、中之島公会堂でひらかれた社会主義演説会で、木下尚江の講演を聞いて感激し、「基督教世界」に反戦小説「絶交」を発表して、キリスト教の婦人矯風会の運動をするようになった。

二十三歳のとき、婦人矯風会の大阪支部代表として上京し、大会に参加したあと、平民社に堺利彦を訪ねた。「万朝報」の記者をしていたころ、強姦被害に遇って苦しんでいる女性の身の上相談を受けた堺が、「往来を歩いていて狂犬に嚙みつかれたようなもので、あなた自身の責任ではない。早く忘れてしまいなさい」と書いた。管野は十代の半ばに、継母の奸計《かんけい》で鉱山労働者から強姦されたことがある。その記事に感激して、堺を訪ねたのだった。

二十四歳のとき、和歌山県田辺町の牟婁新報社の記者になった。週刊「平民新聞」が廃刊になり、幸徳秋水がアメリカに滞在していたころで、紀州の「牟婁新報」は、社会主義や厭戦論《えんせんろん》を唱える数少ない新聞として知られた。
明治三十九年四月十八日号「牟婁新報」に、管野スガは、「片感録」と題する随筆を発表している。
《ただ一種の動物として、碌々たる生涯を送るよりは、私はむしろ死を望む。祖先伝来の特性なのか、私は死というものを、恐ろしいとは思わない。いますぐにでも、己が満足するだけの死に場所があれば、決して辞さぬつもりでいる。神がまだ、その時機を与えたまわない。私はグズグズとした病死が、いちばん厭である。思い切った死にざまをしてみたい。平常成しつつある事物についても、なるべく困難な、人が二の足を踏むような難事を、進んでやってみたい一種の癖がある。そうして己を試すことを愉快とする、厄介な女である。私は、純粋な「侠」の一字を有しない人間は、仮にいかに尊敬すべき人物であっても、大嫌いである。侠の必要のない世の中になればともかく、今日の社会においてこれがない者は、木偶《でく》の坊となんら選ぶところのない亡者どもである》
この時期の牟婁新報社に、週刊「平民新聞」にいた荒畑寒村（当時十八歳）が、記者として在籍していた。平民社がつぶれて、堺利彦のあっせんで就職したのである。少し遅れて管野も、堺に紹介されて入社し、明治三十八年六月に父親が京都で死亡したので、病身の妹ヒデを呼び寄せた。荒畑は、管野のことを「姉ちゃん」と呼んで慕ったが、まもなく退社して東京へ帰った。
明治三十九年五月九日号「牟婁新報」に、管野スガは、「女としての希望」を発表した。
《私の理想の夫は、身体不満足であってもかまわない、容姿など一点の希望もない。もちろん財産など、塵芥《じんかい》である。私の要求するものは、熱烈な愛情と、宇宙を呑むほどの気概である。いまの世に、容れられぬ男である。一般の女は、順境の学者才子を好むのがふつうであるが、そんなものに私は興味がない。夫婦間の愛情は割くべきものではなく、断じて単純であるべきではない。そうであれば、嫉妬せぬのを名誉と心得るような悪習を第一に破壊して、嫉妬する必要のない男子を選ぶのが、婦人のために目下の最大の急務である。相愛の夫婦は、愛情を私するだけで充分満足するものであるから、その余力はあげて社会のために働くべきである。その義務をはたしたうえは、莞爾《かんじ》として相抱いて情死をなす。これが私の理想である。情死こそ人生の最も神聖なものだからだ。しかし、いかに神聖でも、その動機が世に敗れた結果としておこなわれるような情死は、大嫌いである。強き強き情死。すなわち、豪胆に同心一体となって主義のために戦い、理想のために奮闘して、刀折れ矢尽きたとき、大手を振って華々しくする情死。これが私の理想である》
この「女としての希望」が掲載されたとき、「牟婁新報」の社長で主筆の毛利柴庵《さいあん》が、「どんなに華々しくとも、どんなに豪胆らしくとも、情死は情死である。情死などするのは、腑抜けのもうろくの弱味噌の男か、性根の腐ったおたんちんの女のする芸当である。社会主義者として、キリスト教徒として、かつ余の親友である幽月君が、このような病的思想を抱いて眠ろうとするのは、余の憂うところである」と、きびしく批判している。

三十九年五月末、管野スガは、牟婁新報社をやめると、妹を連れて京都へ移った。同志社のイギリス人教師に日本語を教えるなどしていたが、八月に満十九歳になった荒畑寒村が京都へきたので、同棲をはじめた。そして十二月、荒畑と妹ヒデと三人で上京し、「毎日電報」の社会部記者になった。

四十年一月十五日付で、日刊「平民新聞」が創刊されると、荒畑寒村は記者になった。二月四日に足尾銅山で坑夫の暴動がおこり、荒畑は現地に派遣され、取材から帰ってみると、管野スガとヒデが寝込んでいた。妹は肺結核の末期症状で、姉は看病疲れだった。明治四十年二月二十二日にヒデが死亡して、遺体を荼毘《だび》に付した管野は、みずからも肺結核と診断されたので、新聞社から休暇をもらい、伊豆の初島に転地療養して、八月初めまで滞在した。

明治四十一年五月、荒畑寒村との関係が冷却し、別居することになった。六つ年下の荒畑が、管野にとって「幼すぎる」という理由である。六月二十二日、神田の錦輝館で「赤旗事件」が発生して、荒畑と管野は同時に逮捕された。八月二十九日、東京地裁で判決があり、荒畑は重禁錮一年六カ月、管野は無罪だった。しかし、釈放された管野は、毎日電報社から解雇を申し渡された。

四十二年三月十八日、平民社が巣鴨から千駄ヶ谷へ移り、管野は「幸徳秋水の秘書」と称したが、同棲生活のはじまりだった。九月二十二日、結婚記念の写真撮影をしたのは、幸徳が郷里の高知県中村町の母親に送って、安心させるためという。

「そういえば、荒畑寒村が、二月末に出獄している」

ふと思い出して、新村忠雄は、なにやら不吉な予感をおぼえた。

神田錦輝館の「赤旗事件」で入獄した荒畑は、四十三年二月二十五日、刑期満了で千葉監獄から出獄した。四十二年七月十五日、「自由思想」を秘密で発送した管野スガは、新聞紙条例違反で逮捕され、東京監獄に収監されていたとき、荒畑に手紙を書き、幸徳との結婚を知らせた。これにたいして、千葉監獄の荒畑寒村は、「主義の名によって快諾」と、祝福の返信をよこした。その手紙は、新村も管野から見せられているが、荒畑が出獄して、「卑劣な幸徳に決闘を挑む」と、ピストルを入手したという不穏な噂もある。

「それはそれとして、宮下君は来るのだろうか?」

次の下り長野行きは、正午ちょっと前に到着する。遠くから汽笛が聞こえてきたので、新村忠雄は、姨捨駅のほうへ歩いて行った。

四月二十八日付で、宮下から兄の善兵衛宛に、「四月二十六日は昼餉《ひるげ》を馳走していただき感謝にたえません」と、丁重な礼状が届いていた。そんな几帳面な職工長が、あっさり約束をすっぽかすとは思えず、待つだけ待ってみなければならない。五日前の話では、部下の新田融に、ブリキ製の小鑵を二十四個つくるように命じたとのことだった。

宮城県生まれの新田は、妻子を連れて明科へ働きにきている。明治四十二年十月、新村が兄に頼んで明科へ送った薬研は、宮下が新田方へ持ち込み、鶏冠石を細かく砕いた。それから半年たち、こんどはブリキ製の小鑵をつくるなどして、はたして怪しまれないだろうか。

とはいえ、職工長ともなると、給料袋を代表して受け取り、部下を一人ずつ呼んで手渡す。その命令は絶対だから、言われたことに素直にしたがわないと、首を飛ばされかねない。宮下が秘密が守れると思っているなら、それでよいのだろう。

不安を抑えながら、新村が姨捨駅に行ってみると、次の列車にも、宮下は乗っていなかった。あるいは、入れ違いに家のほうへ、電報が届いたのかもしれない。そう判断した新村は、急いで千曲川を渡り、屋代町の自宅へ帰ってみたが、なんの連絡もないとのことだった。

第二章　明科《あかしな》製材所

一九一〇（明治四十三）年五月十四日午後八時ころ、新村忠雄は、長野県東筑摩郡中川手村字明科の宮下太吉を訪ねた。

篠ノ井線の明科駅から歩いて数分の荒物屋・望月長平方の二階六畳間へ、明治四十二年十一月十日、官営製材所の職工長は引っ越している。つまり宮下は、十一月三日の天長節に爆裂弾の試験に成功したあと、小野寺藤彦巡査と同居していた借家を出ると、姉ナカを甲府へ帰したのである。

白壁のがっしりした造りの二階左端の部屋には、すでに明かりがついており、宮下は帰宅しているようだ。今年三月二十八日、社会主義に関する本を預けられた新村が、埴科郡屋代町へ戻ってから、「絶対に明科に近づくな」と、宮下にいわれていた。それがどういう風の吹き回しか、「重要な相談があるから五月十四日夜にきてくれ」と手紙をよこした。その文中で、五月一日午前十時に姨捨駅で待ち合わせながら、一方的にすっぽかしたことについては、なにも弁明していない。

さっそく新村が部屋へ上がると、浴衣姿で畳の上に寝ころんでいた宮下は、むっくりおき上がった。

「おや、新村君か。久しぶりだな」

「そりゃないだろう。ぼくが明科へくることを禁じていた君が、重要な相談があるというからきたんじゃないか」

「五月十五日は、明科製材所の一周年記念日でね。工場を開放して、一般に見学させることになった。大勢の人がくるから、君が混じっていても、目立たないと思う」

座布団をすすめながら、さえない顔色の宮下は、ぼそぼそと説明した。

「ここの製材所へは、国有林で伐採した材木を、烏川、高瀬川、犀川などの流れを利用して、イカダに組んで運び込む。そうして製材したものを、鉄道の貨物列車で、各地へ売りさばく。地元の有力者らが、誘致運動に奔走し、広大な土地を提供したから、農商務省が直営する製材所ができたんだ」

「ぼくは製材所へ、一度も入ったことがない」

「ちょうどよかった。ぜひ見学するといいよ。製材の順序は、まず『鼻切り』といって、材木のとがった部分を、ばっさりと切り落とす。そうして次に、『太鼓落とし』といってね、自動丸ノコで側面を切り落として、角材にするわけだ。それから板にするため、用途に応じて厚さをきめて、だーっとノコで切っていく。こうして製材した木は、日光に当てたり、日陰で乾燥させる。これを材質や仕上がりの優劣によって分け、一坪を一束とする。それぞれに記号を付して、ツガ、ヒノキ、マツとかの材名、節の有無、大小とか、わかるようになっている。用途は板がもっとも多く、建築材や家具などの箱材に使われる。それで切り屑は燃料として、松本市周辺の製糸家に引き取られる」

「よくわかった。明日しっかり見学させてもらうよ」

新村としては、こんな能書きを聞くために、わざわざきたのではない。そこでずばりと、切り込むことにした。

「五月一日午前十時から、ぼくは姨捨駅で君を待っていた。それなのに待ちぼうけをくわせて、爆裂弾の再試験は流れてしまった。どういうことなのか?」

「じつはたいへんなことになってね。重要な相談というのは、五月一日におきた問題で、その日からずっと、おれを悩ませ続けている」

「主任技師の関鉀太郎とのあいだに、また揉め事でもあったのか」

「そうではない」

「すると肝心の計画のことを、警察に嗅ぎつけられたというのか」

「そんなヘマはしない」

「じゃあ、どういう問題なんだ」

「まったく、おれとしたことが、とんでもない背徳を……」

このとき宮下は、苦渋の色を浮かべながらすわり直すと、いきなり大粒の涙を、畳の上に落とした。

「こんな男の告白を、新村君は聞いてくれるか」

「おい、おい。宮下君らしくもない。涙なんて似合わないぞ」

二十三歳の新村は、三十四歳の宮下の涙に狼狽し、その「背徳」の意味するところを、あれこれと思いめぐらせてみた。少年のころからキリスト教に関心をもって、プロテスタントの教会へ足を運んだ。牧師に懺悔をしたこともあり、そのときの背徳は、小学校の国語の試験で、カンニングをしたことだった。書き取りが苦手で、あらかじめ写し取ったメモを、試験のとき使ったのだ。いずれにしても、爆裂弾をつくれるのは、宮下しかいない。大事を前に、どんなことがあったのかはわからないが、新村としては激励しておかねばならない。

「どんな告白でもしてくれ。われわれは同志じゃないか」

「ありがとう、新村君」

浴衣の袖で涙を拭くと、宮下は角刈りの頭を下げた。

「おれは人妻と、間違いを犯した。それが五月一日朝のことで、そのとき一回きりじゃない。こともあろうに、部下の妻と通じてしまい、いまも続いている」

「………」

新村は絶句してしまい、取り出したハンカチで、自分の口を押さえた。

四月二十六日、宮下と姨捨山で落ち合い、屋代町の自宅へ伴った。そのとき聞かされたのは、愛知県豊橋町にいる内縁の妻のことで、ほったらかしておいてよいのかと、しきりに煩悶していた。しかし、彼女は「社会主義を捨てないかぎり、あんたとは金輪際やっていけない」と、明科へ同道することを拒んだのである。そのことについて宮下は、「わずらわしいから捨ててきた」と、以前から歯切れよく説明していた。それをいまになって、「社会主義を伝道して、鼓吹すべき立場の者が、女房一人を感化できなかったとすれば、やっぱり考えものじゃないかな」と言ったりする。よほど女房に未練があるのかと思っていたら、こんどは人妻と姦通したという。

この大切な時期に、いったいなにを考えているのかと、怒鳴りつけてやりたい気持ちを、新村は懸命に押さえた。

「とにかく、君の話を聞こうじゃないか。決して他言しないから、正直にありのままを語ってほしい」

「おれが姦通した女の名前は、タマという。夫は清水太市郎という職工で、おれの忠実な部下なんだよ」

ぽつりぽつりと宮下は語りはじめ、およそ次のようなことだった。

明治四十二年六月十三日、宮下太吉は、官営明科製材所の臨時工になり、十一月十五日付で、日給一円二十銭の職工長として、正式に採用された。

九月二日、職工として新規採用されたのが、清水太市郎である。三十一歳の清水は、松本市の出身で、製材所の所長とコネがある。何年か前までは、壮士芝居の役者をしており、工場で働いた経験はない。日給六十銭の清水は、汽罐場に配属されて、宮下が臨時雇いのころから、直属の部下になった。川上音二郎一座にくわわり、ヨーロッパ巡業をしたこともあるというが、芝居に興味がない宮下は、くわしい話を聞いていない。しかし、清水は社会主義に関心があり、宮下の話を聞きたがった。職場で二人きりになったとき、その話題になると飲み込みも早い。仕事が退けると、お互いの部屋へ行き、いろんなことを話した。

明治四十三年一月半ば、清水のところへ嫁がきた。二十九歳のタマである。父親は下諏訪警察署の巡査で、その三女という。清水にいわせると「押しかけ女房」で、松本市で引っかけて、結婚するつもりはなかったが、嫁ぎ遅れて焦っているから、仕方なく迎え入れた。とはいえ、なかなかよくできた女で、世話女房として申し分ない。宮下が清水方へ行くと、夫の上司ということで、下にも置かないもてなしぶりである。独り暮らしの宮下は、洗濯が苦手だから、月に五十銭の約束でタマに頼んだ。

荒物屋の望月長平方から、清水太市郎の長屋まで、わずか百メートルの距離である。洗濯物を頼んでいることでもあり、気安く出入りして、清水が職場に残っているときでも、上がり込んで茶を飲んだりしていた。そんなときタマが、愚痴をこぼすことがあった。役者上がりの夫は、いまでも女によくもてる。松本市の水商売の年増で、何年も続いている相手から、小遣いをもらったりして、ヒモのようなものだから、別れる気はないらしい。

ふんふんと聞いてやり、宮下としては、そのうち身持ちもよくなるだろうと、部下のために弁じた。それとなく社会主義のことを話すと、「世の中は不平等すぎる」と応じて、巡査の娘らしくない。大いに気に入り、「あんたのために、いつでも力になる」と励ました。

五月一日朝、いつものように洗濯物を持って行くと、休業日だというのに、清水太市郎がいなかった。松本市に深志公園が完成して、開園の行事がいろいろあり、連れて行くと約束していたのに、早朝から一人で出かけたという。きっと女との約束を優先させたのだろうと、タマは宮下にとりすがって泣いた。それを慰めているうちに、ずるずると奥の六畳の部屋へ行き、そのまま肉体関係が生じた。一度きりのつもりでいたが、なかなか情の深い女で、その体の魅力に抗しきれず、清水の留守中に、夜も奥の部屋へ入った。

そこまで聞いて、新村忠雄は、溜め息をつかずにはいられない。

「五月一日は、そういう事情で、ぼくと待ち合わせていた姨捨駅へ、とうとうこなかったんだな」

「申し訳ない。あのときおれは、夫に邪険にされたタマが不憫で、一人にしておくわけにはいかなかった」

しょげかえったように、宮下太吉は、ふたたび頭を下げた。

「おれという男は、人妻を寝取ってしまった。これまで女郎を、数えきれないほど買ったが、素人に手を出したのは初めてだ。こんな背徳はない。おれのような男は、人間の屑というにふさわしい」

「ちょっと宮下君。そんな大仰な問題じゃないだろう」

「いや、あのとき取りすがって泣くタマを、突き放すべきだった。ところが結果として、みずからの獣欲を充たしてしまった。こんな男に、社会主義を伝道する資格はない」

「バカだなぁ。ちっとも社会主義者らしくないぞ。宮下君のしたことは、まさに自由恋愛であって、恥じるほうがどうかしている。ハハハハ」

少しわざとらしく、新村は笑い声を上げた。こんなことで宮下が、爆裂弾をつくるのをやめると言いだしたら、管野スガは、どんなにがっかりすることか。

そこで新村は、社会主義者による「自由恋愛」を持ち出した。

「秋水先生と幽月さんが、どのようないきさつで夫婦になったかについては、宮下君も知ってるだろう」

「新聞ダネにもなったから、いくらかは知っているよ。同志のあいだでも、評判がよくないようだな」

このとき宮下は、新村がなにを言いだすのかと、いぶかるような目を向けた。

「いくら自由恋愛だといっても、やはり男子たるものは、してはいけないことがあるんじゃないのか」

「まぁ、ぼくの話を聞けよ。秋水先生の女性遍歴は、ご本人が書いた『余が思想の変化』に匹敵するほどだ。明治四十二年二月五日から、ぼくが巣鴨の平民社に住み込んだことは、君も知っているね」

「そりゃ知っているよ。おれが二月十三日に、初めて平民社を訪ねたとき、君が秋水先生に会わせてくれた」

「そのあと千代子夫人が、森近運平さんの自宅へ、君を案内している。ツンとしているようで、けっこう親切な奥さんだったろう」

「千代子さんの姉の夫が、名古屋控訴院の判事だったな。秋水先生の思想問題があって、姉が夫の立場を守るために、離婚させたがったと聞いている」

「ぼくが話そうとしているのは、その前のことなんだ。明治四十年十月、秋水先生は千代子夫人と、高知へ帰郷している。先生は大腸カタル、奥さんはリウマチを患い、南国土佐で治療するためだった。そのとき先生は、クロポトキン著『パンの略取』の翻訳に取り組んでいた。そのさなかに、明治四十一年六月二十二日、神田錦輝館で赤旗事件が発生して、『サカイヤラレタスグカエレ』という電報が、東京の同志から届いたわけだよ」

「そういう時期だったのか」

「明治四十一年六月末に『パンの略取』の翻訳が完成したので、先生は一人で東京へ向かった。幡多《はた》郡の下田港を七月二十日ころ出航し、高知—大阪—新宮—名古屋の船旅で、あとは東海道線に乗り、八月十四日に新橋駅着で、翌十五日、東京地裁における赤旗事件の初公判を傍聴した。そのとき先生は、豊多摩郡淀橋町字柏木の寓居を、平民社にしている。出版社で校正係をしていた岡野辰之助という同志が、自宅を提供したんだ。北豊島郡巣鴨村へ移ったのは、その年九月末のことで、岡野さんは妹のテルを付けてやり、先生の身の回りの世話をさせた」

「奥さんを高知へ残しているからか」

「テルというのは、二十歳そこそこの可愛い人で、ぼくも知っている。そのテルと先生が、男女の仲になってしまった。兄の辰之助が気づいたのが、四十二年正月早々で、話が違うと先生に抗議した。しかし、テルは先生に夢中で、結婚したいとまで言いだした」

「奥さんがいるというのに、ムチャな話じゃないか」

「それで岡野さんは、土佐中村町の千代子夫人に手紙を書いて、ことの顛末を知らせた。びっくりした奥さんは、明治四十二年一月十八日に上京すると、巣鴨の平民社から、テルを追い出したんだよ」

「けっこう勝気な人なんだな」

「それに輪をかけて勝気なのが、幽月さんときている。そのころ幽月さんは、新宿駅に近い淀橋町字柏木にいて、平民社へ出入りしていた。巣鴨の平民社に住み込んでいた坂本清馬《せいま》という青年が、幽月さんに惚れていたらしく、よく柏木に通っていた。あるとき清馬が、帰りが遅くなったものだから、秋水先生が嫉妬したらしく、ぶつぶつ厭味を言った。それで清馬が怒り、『貴様が革命をやるか、おれが革命をやるか競争しよう。こんなところにおられん』と、平民社を飛び出したという」

「坂本清馬なら、おれが熊本県へ機械の据え付けに行ったとき、熊本市新町の熊本評論社で会っているよ。いつ平民社を飛び出したんだろう」

「明治四十二年一月末じゃないかな」

「おれが熊本へ行ったのは三月下旬で、加藤清正の三百年祭のときだった。「熊本評論」の松尾卯《う》一太《いった》さんが、玉名郡豊水村の自宅に泊めてくれたとき、編集記者の坂本は人の原稿に勝手に手を入れて、過激な記事にするので困ると、しきりにボヤいていた」

「いずれにしても秋水先生は、岡野テルに手を付けておいて、新顔の幽月さんにも気があり、土佐から駆けつけた奥さんも迎え入れた」

「並の神経じゃないな。おれみたいな凡人には、理解できない」

「ともあれ、明治四十二年三月一日に千代子夫人を離別して、三月十八日に千駄ヶ谷へ移り、幽月さんと事実上の夫婦になった」

「新村君が、紀州新宮のドクトル大石のところへ行ったのは？」

「東京を発ったのは、三月二十九日だ。先生にとって、邪魔だったんだろうな」

「若い坂本清馬に嫉妬したんだから、新村君のような美男子を置いておくと、幽月さんの気が移りかねない。秋水先生は、それを恐れたんだろう」

「いやいや、幽月さんにとっては、ぼくなんかは小僧っ子だから、まるで男として魅力はないらしい」

「君が恋文でも書いて、無視されてしまったのか」

「そんなことはないさ。絶対にないよ。あくまでもぼくは、同志的な連帯を求めているだけだから」

あわてて弁解しながら、新村忠雄は、話を本題に戻すことにした。いま宮下太吉に、人妻との姦通で懊悩《おうのう》されては、壮大な革命運動が頓挫する。

「宮下君は、愛知県に残した奥さんのことが、よほど気がかりなんだろう。豊橋へ行くとき、ぼくと品川駅で会ったのは、今年三月六日だったな」

「三月五日から、製材所へ届け出て、女中奉公している豊橋へ、サクを訪ねることにした。六日早朝に上野駅に着いて、平民社に寄ることもできたが、張り込みの刑事に知られてはまずいと思い、前もって君を品川駅に呼び出した。それで午前九時発の汽車に乗り、午後九時に豊橋に着いた。あのとき君には言わなかったが、おれが復縁をもちかけ、四日間もサクと話し合いながら、徒労に終わって明科へ帰った」

「その誠意が通じなかったのは、もはや縁がないということさ」

「なにしろサクは、日蓮宗に凝りかたまって、ますます社会主義を毛嫌いするようになった」

「唯物論と唯心論だもの。水と油なんだから、うまくいくはずがない。それで傷心の君が、清水タマという魅力的な女に出会って、男女の仲になった。よくある話で、深刻に悩むほどのことじゃないよ」

「よくある話というと、新村君も人妻と通じたことがあるのか」

「ぼくは若僧だから、人妻からは相手にされない」

「それは幽月さんのこと？」

「違うと言っただろう。ぼくは彼女に、同志的な連帯を求めているんだ。まぜっかえさないでくれよ」

「おれとタマの関係は、いったいなんだろうか」

「だから自由恋愛さ。秋水先生は、恋愛とは肉体であるとおっしゃる。愛すればこその性交で、娼妓を買うのとは違う。金銭の介在する肉体関係は、純粋な恋愛ではないそうだ」

「言われてみれば、そんな気がする」

「そうだろう。タマさんにとって、宮下君は精神的な支えで、その信頼感があればこそ、君との関係が生じたんだ」

「しかし、情の深い女でね。いざそうなると、女郎でもしないようなことをして、おれをとことん悦ばせ、自分もよがり声を上げる。昼でも夜でもおなじことで、隣近所に聞こえるんじゃないかと、ハラハラさせられたよ」

「いいじゃないか。対等に愛し合っているからだろう。まさに自由恋愛で、ぼくからみれば羨ましいかぎりさ」

「新村君の女も、あのとき大きな声を上げるか」

「ぼくは経験が浅い。君のような男盛りに比べると、ぜんぜん話にならんよ」

「そりゃ、若いうちは仕方ない。おれだって、女を上手に扱えるようになるまでは、ずいぶんカネをつぎ込んだ。いや、女郎相手の話だけどな。やっぱり極意は、相手をいかせるまで、ぎりぎり男が辛抱することだ。そうすることによって、女に体の悦びを味わわせると、あとはこっちのもんで、心も移ってくるからな」

なんだか際どい話になり、新村は当惑させられた。じつは二十三歳になっても、まだ性の経験がない。こちらが童貞と知ったら、宮下から軽んじられるだけで、説得の効果も薄れるだろう。そのへんはあいまいにしておいて、相手にしゃべらせるしかなさそうだ。

「それで宮下君、かんじんの爆裂弾のことだけど、再試験の見通しは立っているんだろうね」

「幽月さんの入獄は？」

「五月十八日ときまった。なんとかそれまでに、多少の冒険をしてでも、ぼくと二人でやろうじゃないか」

「それはムリだ。今夜が十四日だから、十五、十六、十七日しかない」

「そもそもの試験は、明治四十二年の天長節だったろう。明治四十三年五月十五日が、操業開始一周年の記念日なら、またとない機会といえる」

新村がたたみかけると、宮下は苦笑した。

「十五日は記念日だが、工場を見学する人のために、われわれは製材機械を動かす」

「夜は自由だろう?」

「そうはいっても、記念日のお祝いで、夜まで町は賑わう」

「天長節の夜のように、花火は上がらないのか」

「ない、ない。仮にあったとしても、おれは警察にとって、視察・取り締りの対象だからな。下手に動こうものなら、根こそぎ押さえられてしまう」

「押さえられるって、爆薬やブリキの小鑵のことか」

「それならだいじょうぶ。かんじんなものは、安全なところに預けてある。おれが言っているのは、屋代町にいる新村君や、東京の幽月さんらとの組織的な計画が発覚して、根こそぎ押さえられることだ」

「ちょっと待ってくれよ。たったいま君は、爆薬やブリキの小鑵を、『安全なところに預けてある』と言ったね?」

「そりゃ、そうにきまっている。この部屋に踏み込まれて、現物を押さえられたら、一巻の終わりじゃないか」

「預け先は？」

「さっき話した清水太市郎のところへ、五月八日に預けた」

「そんなバカな……」

二度びっくりとはこのことで、人妻との姦通を告白したかと思ったら、その相手の家に、爆裂弾の材料を預けたという。新村は愕然としたが、気を取り直して問いただした。

「どうやって預けて、相手になんと説明したのか」

「白木の箱二つに、ブリキの小鑵二十四個を分けて入れ、鶏冠石と塩素酸カリを、べつべつの紙包にして、『火の気のないところに置いてくれ』と頼んだ。すると清水は、木箱を六畳の床の間に置いて、紙包は床の間のそばの釘に掛けた。大切なものだと、清水夫婦に説明したから、そのように扱ったんだろう」

「そうするといまも、床の間にあるのか」

「ああ、そうだよ」

「まさしく完成寸前の爆裂弾が、部下の職工方の床の間に、麗々しく飾ってあるんだなぁ」

「飾ってあるわけじゃない。隠しておいてくれといえば、そんなところに置かないだろうが、かえって怪しまれるから、ふつうに預かってもらった」

「それにしても、宮下君のすることは、大胆というか、バカげているというか。なにをかいわんやだ」

「その『なにをかいわんや』とは？」

「驚き呆れて、いうべき言葉もない、という意味だよ」

吐き捨てるように応えると、新村は頭をかかえた。

明治四十一年十一月十日、宮下太吉は、東海道線の大府駅前で、『入獄記念／無政府共産』の小冊子を、天皇の行幸を奉迎する群集に配り、「天皇陛下なんて、そんなにありがたいもんじゃありませんよ」と、言い聞かせたという。その場で不敬罪で捕まらなかったのが、奇跡のようなものだ。

明治四十二年二月十三日、初めて平民社を訪れた宮下が、幸徳秋水と二人きりで面談したとき、そのことを話している。『入獄記念／無政府共産』を入手した警察は、大不敬として色めき立っているから、「あなたも注意したほうがよい」と、幸徳は宮下に言った。一月三十日、クロポトキン著『パンの略取』を「平民社訳」で出版し、当局に届けたところ、予想どおり発禁になった。しかし、秘密裏に千部を印刷しており、地下ルートで販売している。

その前年十一月一日、ハガキより少し大きい『入獄記念／無政府共産』が、平民社に持ち込まれて、「ここから発送したい」と言われ、幸徳は『パンの略取』のために断った。そのことを宮下に話したら、「いったいだれが持ち込んだのですか」と問われた。あとで幸徳は、「そんなことを教えられるわけがないだろう」と、新村に苦笑して明かした。

小冊子の『入獄記念／無政府共産』を秘密出版したのは、神奈川県足柄下郡の曹洞宗「林泉寺」の住職・内山愚童《ぐどう》だった。箱根の山中にある寺で、わずかな檀家に支えられている。明治三十六年五月から住職になった内山は、その年十一月に週刊「平民新聞」が創刊されたので、さっそく定期購読者になった。そのようなことから、内山と幸徳の交際は続いていた。

明治四十一年六月の赤旗事件で、高知にいた幸徳が上京するとき、名古屋から列車に乗り、国府津《こうづ》で途中下車して、八月十二日から林泉寺に二泊している。そういう仲であっても、平民社に持ち込まれた『入獄記念／無政府共産』は、「小作人はなぜ苦しいか」と題して、「一口にラッパ節で歌ってみれば、『なぜにおまえは、貧乏する。わけを知らずば、聞かせようか。天子、金持ち、大地主。人の血を吸う、ダニがおる』ということだ」と、危険きわまりない内容である。幸徳が発送を断ると、内山は釈然としないようだった。

明治四十一年十一月一日、内山愚童が平民社を訪ねたとき、ちょうど居合わせた森近運平が、「日本平民新聞」の読者名簿を貸したから、内山はノートに写し取った。そのようないきさつで、亀崎鉄工所で友愛義団を結成している宮下のところへ、内山が五十部まとめて郵送したようだ。しかし、この小冊子を仲間に密かに手渡すのならともかく、白昼に街頭で群集に配ったりしたのは、宮下くらいのものだろう。

明治四十二年五月二十四日、林泉寺住職の内山愚童は、国府津駅で逮捕された。前年十一月十五日に秘密出版した『帝国軍人座右之銘』は、著者が加藤清になっているが、じつは内山が書いたもので、林泉寺で印刷している。「諸君の幸福と自由のため」と、兵隊に脱走をすすめる内容で、東京あたりで出回って評判になり、警察が内山に目をつけた。五月二十三日、住職が旅行中の林泉寺を家宅捜索したところ、活字印刷機とダイナマイト十二個が出てきたので、出版法違反・爆発物取締罰則違反で逮捕したのだ。

十一月五日、横浜地裁が判決を言い渡し、出版法違反で軽禁錮二年、爆発物取締罰則違反で懲役十年に処せられた。不敬罪に処せられなかったのは、『入獄記念／無政府共産』の発行が、内山によるものと発覚しなかったからである。内山は控訴し、明治四十三年四月五日、東京控訴院は、「爆発物取締罰則違反について一部の犯罪に事実誤認があった」と一審判決を破棄し、懲役五年に減刑した。

おそらく宮下太吉は、『入獄記念／無政府共産』が内山愚童によるものと、あとになって知ったのだろう。そこで新村忠雄はたずねた。

「宮下君は、『入獄記念／無政府共産』を、その後どうしたの?」

「あのとき秋水先生に注意されたので、おれも気をつけるようにした。明科へきてから、渡した相手といえば、ブリキの小鑵をつくった新田融と、例のものを預けた清水太市郎の二人だ」

「こっちでも配ったのか」

「だからこそ、新田も清水も、おれに協力してくれたんだよ」

「残り部数は？」

「三十冊ほど手元に残ったから、新聞紙にくるんで、新田に預けている。東北人の新田は口がかたいから、しゃべったりはしない」

「それならいいが、新たに配るのは、やめておくべきだね」

新村自身も、『入獄記念／無政府共産』を、屋代町の家に一冊置いている。秘密出版の本や雑誌類は、個人が所有しているだけなら、罰せられることはない。頒布したとき、秩序紊乱の意図があったとして、処罰の対象になるのだ。じつは新村は、まだ宮下に見せていないが、「大不敬文書」というべきものを、屋代町の実家に隠し持っている。

一九〇七（明治四十）年十一月三日、天長節を祝うサンフランシスコ総領事館の入口に、「暗殺主義」第一巻第一号なる文書が貼りつけられた。その冒頭に、「われらは暗殺主義の実行を主張す」とスローガンを掲げている。

《日本皇帝睦仁君足下。われら無政府革命党暗殺主義者は、いま足下に一言する。足下の先祖と称する神武天皇を、日本の史学者たちは神の子というが、それは阿諛《あゆ》の言で、虚構である。事実上は、われらと等しく猿類より進化したもので、特別な権能をもたないことは、いまさらいうまでもない。いま足下は、権力をほかより害されないために、その権力を絶大・無限にするために、機関として政府をつくり、法律を発して、軍隊をあつめ、警察を組織し、その一方では、人民を従順にするために、奴隷の道徳、すなわち忠君愛国主義を土台にした教育をする。その結果として生じたのが、貴族、資本家、官吏であり、このようにして人民は奴隷になって、自由は絶対に与えられない。足下は、神聖にして侵すべからざる者となり、紳士閥は太平楽をならべて、人民はいよいよ苦境におちいった。自由を叫んだ新聞・雑誌記者は、入獄を命ぜられている。憲法の範囲内の自由を主張した日本社会党すら、解散を命ぜられたではないか。ここにおいて、われらは断言する。足下は、われらの敵、自由の敵である。われらは暴を好むものではないが、暴をもって圧制するときは、暴をもって反抗する。遊説や煽動のような緩慢な手段をやめて、すべからく暗殺を実行する。睦仁君足下。憐れなる睦仁君足下。足下の命は、旦夕《たんせき》にせまった。爆裂弾は足下の周囲にあり、まさに破裂せんとしている。さらば足下よ》

この文書は、サンフランシスコ周辺の居留民に配られただけでなく、日本の社会主義者たちへも郵送され、新村忠雄は、「東北評論」の同人から一枚もらった。当然ながら「暗殺主義」第一巻第一号は、日本政府に届けられた。サンフランシスコ総領事館の調査によれば、対岸のバークレーに本拠をおくアナーキストグループの仕業で、幸徳秋水のアメリカ滞在中に影響を受けたという。その情報は、平民社にも伝わったが、「アメリカには不敬罪というものがない」と、幸徳は笑っていた。

しかし、「暗殺主義」第一巻第一号の影響で、「赤旗事件」の被告人たちは、重刑判決を受けることになった。

明治四十一年六月二十二日、神田錦輝館における集会のあと、赤地の布に「無政府共産」「無政府」の文字を縫いつけた旗をもったグループが会場の外へ出て、待ち受けていた警官隊と小競り合いになり、治安警察法違反と官吏抗拒（公務執行妨害）罪で逮捕された。十四人の逮捕者は、神田警察署に留置されたが、その留置場の板壁に、箸の先か爪で記したような落書きが発見され、大騒ぎになった。

一刀両断天王首
落日光寒巴黎《パリ》城

これはフランス革命で、ルイ十六世がギロチンで首を切り落とされたときの詩だから、不敬罪として捜査がおこなわれ、赤旗事件の被告人の佐藤悟が再逮捕された。十九歳の佐藤は否認したが起訴され、明治四十一年七月十日、東京地裁は不敬罪で、重禁錮三年九カ月、罰金百五十円、監視六カ月を宣告した。佐藤は上訴したが、東京控訴院は七月二十二日に控訴棄却、大審院は九月二十二日に上告棄却した。さらに佐藤は、赤旗事件で重禁錮一年、罰金十円の判決を受けたから、二つの量刑を合わせて入獄する。赤旗事件の被告人たちは、「軟派（議会政策派）への示威としてやったのだから」と、軽禁錮三、四カ月の刑を予想していたところ、大杉栄の重禁錮二年六ヵ月、罰金二十五円を最高に、思わぬ重刑になったのだ。

七月四日、第一次西園寺公望内閣は、突如として総辞職し、七月十四日、第二次桂太郎内閣が成立した。表向きは財政の行き詰まりだが、かねてより「西園寺内閣は社会主義者の取り締りが甘い」と批判していた元老の山県有朋《やまがたありとも》が、赤旗事件と不敬事件を、天皇に上奏したため、引責辞任したのである。

新村は、宮下の目をみつめながら言った。

「やはり問題は、清水太市郎に預けた爆裂弾の材料を、どうするかだろう。宮下君はどう考えている？」

「必要なときは、いつでも取りに行く。薬品の調合は簡単だから、その場で爆裂弾をつくることができる」

「再試験は後回しにするとしても、二十四個の爆裂弾を、いまのうちに完成しておけばよいではないか」

「それはムリな相談だ。いったん薬品を調合すれば、いつ爆発するかもしれない。一個でもたいへんな威力なのに、二十四個も所持したとき、どんな事態がおきると思うか」

「しかし、材料を他人に預けておくよりも、完成品を手元に置くほうが、いざというとき役に立つだろう」

「よし、わかった。これから清水のところへ取りに行き、おれが完成させるから、新村君が持ち帰って、手元に保管しておいてくれ」

「こんな夜中に、そりゃないだろう」

新村忠雄は、冷や汗が出る思いで、宮下太吉を押しとどめた。この男ならやりかねないが、二十四個も爆裂弾を持ち帰り、屋代町の家に保管しておいて、暴発でもおこしたときは、家族が悲惨な目に遇う。

「もう遅いから、寝るとしようか」

「そうだな。明日になったら、君は目立たないように工場見学をして、おれの仕事が退けたら、一緒に清水のところへ行き、預けたものを持ち帰ろう。それからどうするかは、明日の晩に考えればよい」

宮下は押し入れから寝具を取り出し、新村に掛け布団を与えると、敷布団の上にごろりと横になった。新村は入獄経験があるから、一枚の布団に「柏餅」になって、なんとか寝ることができる。それにしても今日は、驚かされることばかりで、たいへんなことになったと思っていると、隣で浴衣姿の宮下は、たちまち大鼾《いびき》だった。


一九一〇(明治四十三)年五月十五日午後六時ころ、宮下太吉は、新村忠雄をともなって、清水太市郎の長屋へ行った。明科駅から西へ向かう道路沿いに、明科駐在所、吉野屋旅館、望月荒物屋が並び、そのまま行けば犀川の土手に出る。

清水が借りている長屋は、荒物屋から百メートルほど西にある。その先に銭湯があるから、一風呂浴びて立ち寄ったときは、タマ一人しかいなくても上がり込んだりしたので、だいぶ近所で評判になっているようだ。しかし、いまは二人連れだから、人目を気にすることはない。長屋の端っこで、龍門寺の墓地が見える部屋に入ると、清水太市郎の姿はなかった。

「おや、今日ばかりは、職工たちに残業はないんだけどな」

さっそく宮下が声をかけると、四畳半でぼんやりしていたタマが、いつものすねたような物言いをする。

「松本から工場見学にきた人を、どこかの飲み屋へ連れて行ったのよ。それが男か女か、私は知らないけど」

「そりゃ、淋しいだろう。おれがどこかへ連れて行ってやりたいところだが、あいにく連れがあってね」

「職工長の連れって?」

ふっくらと色白のタマは、表の様子が気になるようなので、たたずんでいる新村を、宮下が呼び入れた。

「学生さん、遠慮しないで入りな」

それで新村が、おずおずと入ってきた。富農の次男らしく、しゃれた洋服を着ており、学生服に見えなくもない。

「帝国大学の学生さんでね。おれが亀崎鉄工所で知り合った旦那の坊ちゃんで、わざわざ工場見物にやってきた」

「あら、そうなの」

ちらっと目をやったが、帝国大学の学生に、とりたてて興味はないらしい。畳の縁に腰かけたタマは、宮下に目配せすると、かまどのあるほうにこさせて耳打ちした。

「なんとか助けてちょうだい。私たちのことが、清水にバレそうなの」

「そんなことはないはずだ。清水は工場でも、ふだんと変わりない」

「いいえ。疑っているから、私にカネをつくれと言うのよ」

「どういうことなんだ」

「清水のお母さんが、東京へ行かなきゃならない。それなのに汽車賃がないから、私に五円つくれと言うの」

「そうか、汽車賃が要るのか」

「私と職工長となんでもなければ、五円借りてもふしぎはないでしょう。助けると思って、用立ててちょうだい」

汽車賃は、松本—東京が、三等で二円五十銭である。松本市に住んでいる姑が、どんな用件で東京へ行くのかはわからないけれども、タマが困っているのなら、助けないわけにはいかない。いつも現金を持ち歩く宮下が、ふところから財布を出しながら、新村の様子をうかがうと、襖が開いている六畳の床の間を、食い入るように見つめていた。

「ちょうど往復の運賃だ。あんたに貸すのだから、借用証は要らない。そのかわり、きっちり返してもらうぞ」

「ふふふ、体で返せというのね」

カネを受け取りながら、そんな言いかたをするので、なんという女だろうかと、宮下は腹が立った。それでこちらも、耳打ちせずにはいられない。

「おれは本気なんだぞ。浮気なんかじゃない」

「わかっています。私だっておなじよ」

素早く手を握ってから、さっと宮下から離れたタマは、奥の部屋の床の間を見つめている新村に声をかけた。

「学生さんは、どちらからきたの？」

「東京です」

「これから職工長さんが、ご馳走してくださるんでしょう」

「はい」

「それじゃ、行ってらっしゃい」

こうして宮下太吉は、五円もの大枚を用立てさせられたうえに、体よく長屋から追い立てられてしまった。

通りへ出て、なんともバツの悪い思いでいると、新村がささやいた。

「床の間にあった白木の箱の一つに、ぼくは見覚えがある」

「それでしげしげと見ていたのか」

「明治四十二年八月七日、ぼくが塩素酸カリ一ポンドを、紀州新宮から郵便小包で送った。ドクトル大石方の裏庭の土蔵に、あの木箱があったんだよ」

「そのとおり。新村君が送ってくれたときの箱が一つだ。もう一つの箱は、三河の機械製造業者が、鶏冠石を送ってくれたときのものさ」

「郵便小包の表書きは、きちんと処分しただろうね」

「もちろんだよ。ドクトル大石方から発送したことが、証拠として残るじゃないか。とにかく部屋へ帰ろう」

こんなことを、立ち話すべきではないので、新村をせきたてて、荒物屋の二階へ戻った。記念日とあって製材所から、折り詰めの料理と、清酒の四合瓶が支給されている。

さっそく宮下が湯飲みに酒を注いでいると、新村がたずねた。

「さっきタマさんと、どんな内証話をしたのか」

「その前に、女の印象は？」

「どうって聞かれても、人には好みというものがある。悪いけどぼくは、太った女は敬遠したいなぁ」

「そうか、わかったぞ。おれの好みは、太った女なんだ。女房のサクも、ふっくらと豊満でね。それで新村君は、痩せぎすな女が好みというわけか」

「痩せぎすというのは、語弊がある。ほっそりと柳腰というべきだよ」

「やっぱり、幽月さんということか。悪いけど、骨が刺さりそうで、おれなんかは、くわばらくわばらさ」

「なんで骨が刺さる？」

「おれの逸物が台無しになりそうな気がして、痩せぎすな女は避けてきた」

「猥談なのか。くだらない！」

新村が吐き捨てるように言うので、もっとからかいたいところだが、宮下はタマのことが気になる。

「じつは長屋で、タマに頼まれて、五円貸したんだよ。清水太市郎のおふくろが東京へ行かねばならず、その往復の汽車賃が要るという」

「財布を出していたから、洗濯賃でも渡しているのかと思った」

「洗濯賃は月に五十銭だから、ちょっと多いとは思ったが、おれとのことが亭主にバレそうだから、怪しまれないために、助けてくれというんだ」

「どういう理屈なの？」

「さっきタマは、『私と職工長となんでもなければ、五円借りてもふしぎはないでしょう』と言った。清水が安心するなら、おれにとっても好都合だよ」

「だったら清水が、じかに宮下君に頼むべきだろう。女房の密通に勘づいて、弱みを握っているから、五円を無心させたんじゃないか」

「ちょっと変だとは思った」

頭が混乱してきたので、宮下は湯飲みの酒を、ぐっと一気にあおった。新村には言えないが、「体で返せというのね」と、ふくみ笑いしたのも気に入らない。

すると新村が言った。

「もしかすると、姑の汽車賃というのはウソで、タマさん本人が必要だったのかもしれない」

「わかった、わかった。そのことについては、清水本人に確かめればわかる。タマを酒の肴にするのはやめてくれ」

新村の湯飲みに酒を注いでやりながら、もう一つ気がかりなことを、宮下は口にした。

「きょう発表があって、製材所の予算が削られたため、解雇者を出すことになった。その人数のなかに、日給九十銭の新田融がいる」

「新田というと、去年の十月に鶏冠石を薬研ですりつぶしたとき、部屋を貸してくれた職工だろう」

「それだけでなく、ブリキの小鑵をつくらせた。去年の十二月に二個、今年の四月下旬に二十四個だ。爆裂弾をつくるためだということは、本人も察しているようだから、奴にしゃべられるとまずい」

「爆裂弾計画のことを、新田に話していたのか」

「ちゃんと話してはいないけど、『入獄記念／無政府共産』を渡したところ、ずいぶん興味を示した。『妻子がいなければ、自分だってダイナマイトを、天子に投げつけたい』と言うから、新田の借家の部屋を借りたんだし、ブリキの小鑵をつくらせることにした」

「爆裂弾に使うと知ってつくったのなら、新田も同罪だ。自分に不利なことを、しゃべる心配はないだろう。ゆうべ君は、『東北人は口がかたいから、しゃべるようなことはない』と言ったじゃないか」

「そう思うんだが、解雇の対象になったのは、おれのせいだと怨《うら》んでいるらしく、顔を合わせても口をきかなかった。小さな息子が二人いることだし、突然の解雇で気が動転して、なにを言いだすかわからない」

「あれこれ考えると、悪材料ばかりに思えてくるものだ。悲観的にならずに、革命的楽観論でいこうじゃないか」

あまり酒を飲めない新村は、たちまち酔いが回ったらしく、だいぶ声も大きくなってきた。

しかし、望月長平方の下宿人は、宮下のほかは発電所の技師二人であり、ともに夜勤で部屋にいない。

「そもそも宮下君が、革命的楽観論者だからな。それを見習って、われわれも壮大な革命運動をおこすんだ」

「その『われわれ』とは、どういう顔ぶれなのか」

以前から気になっていたので、口の軽くなってきた相手に、宮下はたずねた。「壮大な革命運動」というのも、じつはよくわからない。

「秋水先生は日和見《ひよりみ》主義だから、湯河原の温泉旅館にこもって、講談本のようなものを書くんだろう。『われわれ』のなかに入らないはずだ」

「講談本ほどじゃないが、『通俗日本戦国史』というやつで、カネ欲しさの仕事だから、もはや秋水先生は、戦力外というほかない。間違いないのは、宮下君、幽月さん、古河《ふるかわ》力作君、ぼくの四人ということになる」

「なるほど、そういうことか」

宮下としては、小冊子の『入獄記念／無政府共産』に触発され、爆裂弾をつくって天皇の御馬車に投げつけることにしたのである。

明治四十二年二月十三日、初めて巣鴨の平民社へ行き、幸徳秋水に決意のほどを打ち明けて、そのことの可否を問うたら、「いずれ将来は、その必要があるかもしれない。また、そのようなことをする人もいるでしょうな」と、幸徳は煮え切らない返事だった。ひとまず面談を終えて、大阪で知り合った森近運平を訪ね、おなじ質問をした。すると森近は「自分には妻子がいるので、命がけの闘争はできない」と答え、宮下の計画についてはなにも言わなかった。そのあと平民社へ戻り、広い部屋で十人近くで話し合ったが、あたりさわりのない雑談でしかない。

それから明科へ連絡してくるようになった新村の話を聞いていると、いつのまにか宮下がつくる爆裂弾を中心に、「壮大な革命運動」が拡がったかのようだった。しかし、なんのことはない、わずか四人なのである。

「古河力作君には、まだ会ったことはないが、ときどきハガキをくれる。なかなか豪胆な男だそうだな」

かねてより宮下は、東京郊外の草花栽培園にいる古河力作に会いたいと思いながらも、なかなか機会がない。しかし、平民社へ行ったとき、古河の評判は聞いている。

「なんでも、桂太郎を暗殺するために、ドスをふところに入れて、霞ヶ関の首相官邸に乗り込んだというじゃないか」

「明治四十一年七月、第一次西園寺内閣が総辞職し、第二次桂内閣が成立した直後だそうだよ。そのときもっていた短刀を、ぼくも見せてもらったが、白鞘の両側に『替天誅逆賊』『由義断奸臣頭』と書き入れていた。それで官邸付近をうろついたけれども、結果として目的を果たせなかったんだ」

「やっぱり警戒厳重だから、ドスで命を狙うのはむずかしい。そのことがわかったから、古河君も爆裂弾の計画にくわわったんだろう」

「そうかもしれないが、桂首相暗殺計画というのは、ちょっと話が違う。本人がぼくに打ち明けたから、こっちが真相だと思うけどね」

「真相というのは?」

「第一次西園寺内閣がつぶれたのは、神田錦輝館の赤旗事件と、留置場に落書きした不敬罪が原因で、第二次桂内閣は社会主義者の徹底的な弾圧に乗りだした。そこで古河力作は、警察官に捕まることを目的として、六十銭で買った短刀をもち、官邸付近をうろついた。そうして捕まったら、『社会主義にたいする取り締りが、あまりにも苛酷であるから、桂首相に天誅をくわえるつもりだった』と、供述することにしていた。ところが警察は、いっこうに捕まえてくれない。それで拍子抜けして、その場から立ち去った」

「なぜ挙動不審な者を、官邸警備の警察官がとがめなかったんだ」

「会ってみればわかるが、二十六歳の古河君は、生まれつき体軀矮小で、顔つきも小学生みたいだから、怪しまれなかったんだろう」

「それほど小男なのか」

「身長百四十五センチメートルで、そのため徴兵も免れたということだ。当局としても、古河君は戦力外とみているようだから、心強い同志だよ」

「そうか。それなら安心だ。おれの判断は正しかった」

このとき宮下は、これまで新村に伏せていたことを、ようやく言う気になった。

「例のものを清水太市郎に預けるとき、箱の中に書状を入れておいた。『万一、僕に変わった事のあったときは、東京府北豊島郡滝野川村百十三番地の康楽園方古河力作に郵送してくれ』という文面だ。おれが見込み逮捕されるようなことがあっても、爆裂弾が出てこなければ、大事にいたることはない。清水としては、預かったものが気になって中をあらためて、手元に置いておけないから、古河に郵送してくれるだろう」

「そのことを、当の古河君は、了解しているのか！」

はたして新村は、目をむくようにして、驚きの声を上げた。

「そんなものを残せば、君の爆裂弾計画に連累《れんるい》がいることを、当局に知らせるようなものじゃないか」

「いくらなんでも、それはない。おれとの信頼関係で、清水は預かってくれたんだ。下手に警察に届け出れば、清水自身が連累ということになる。なによりも、おれが許さない。イヌの真似をしようものなら、清水は地獄への道連れだ」

宮下にしてみれば、これまでの清水との友誼《ゆうぎ》があればこそ、細君のタマと密通したことを、強く恥じているのである。任俠肌の清水を信じて、タマとのことがあったあとも、重要なものを預けておいたのだ。

「おい、新村君よ。革命的楽観主義だなんて、おれの前で口にしたのは、どこのどなただったかな。そんなにいちいち、目くじらを立てるのであれば、自分で爆裂弾をつくってみろ。おれは製材所の職工長として、人の二倍も三倍も働きながら、周囲の者に怪しまれることなく、この計画を進めてきたんだ。はばかりながら、人を見る目は、君よりたしかなつもりでいる。おれの職場の人間関係を壊すようなことを、言わないでくれ」

「わかったよ、宮下君。つい青二才が、生意気に余計な口をきいてしまった。謝るよ、このとおりだ」

あわてて新村が、畳に両手をついて頭を下げたから、宮下は溜飲の下がる思いで、機嫌を直すことにした。


一九一〇（明治四十三）年五月十七日午後九時ころ、新村忠雄は、東京府豊多摩郡千駄ヶ谷の玉川上水にかかる葵橋をわたり、千駄ヶ谷九百三番地の家の前にたたずんだ。黒板塀に囲まれた屋敷は、三月二十二日まで平民社だったところで、懐かしさのあまり立ち寄った。

門を入ってすぐの玄関は三畳間で、その右側の四畳半を管野スガ、左側の四畳を新村が使っていた。玄関の奥は、六畳と八畳の二間で、六畳は談話室、八畳は幸徳秋水の部屋だった。台所の横には、三畳の女中部屋もあり、便所が二つの家だった。

明治四十三年六月七、八日付「東京朝日新聞」は、二回にわたって「幸徳秋水訪問記」を載せている。

九人の同志ことごとく獄に下って、ひとり孤塁による無政府主義者の大将・幸徳秋水君を、平民社に訪ねた。千駄ヶ谷九百三番地と聞いただけで、町々をたずねまわって、やっとその家を探し当てると、幸い自宅にいたが、大将は座敷の真ん中に床をとって寝ている。病気が悪いのかと問えば、二日ほど徹夜して「自由思想」の原稿を書いたので、楽寝の最中だという。徹夜までして書いたものが、そのまま発売禁止を食ったとは気の毒な。枕元には薬瓶が並んでいる。薬は紀州新宮の同志・大石誠之助君から貰って飲んでいるという。いくら共産主義だとて、思い切って遠方の医者にかかったものだ。千駄ヶ谷から新宮まで、短く見積もっても二百里はある。

＊　＊　＊

秋水君はおき上がって、玄関口まで連れて行く。「ちょっとあれを見てくれ」と指すところを見れば、街道を隔てた前の畑のなかにテントが立ち、紅白だんだらの幕が下がっている。これが巡査の詰所で、秋水君の一挙一動、来訪者のことごとくが見張られている。

昼夜の区別なく四人がかりの見張りで、巡査の手不足の折に、あまりにも贅沢すぎる。いったい何をするのかというと、訪ねてくる人の姓名をいちいち誰何《すいか》する。秋水君一家の者が、一歩でも家を踏み出すと、必ず跡をつけてくる。うっかり見落としでもすれば、大目玉を食うのだそうな。

行幸啓《ぎようこうけい》でもある折は、とくに厳重に監視することになり、必ず一、二名の巡査を、一人一人につける。「皇室に危害をくわえるとでも思っているのだろうが、誰がそんなバカな真似をするもんか」と秋水君は笑った。

ロンドンでロシアの無政府党員が、白昼に強盗殺人をやったため、隠れ場所であるイギリスの同情を失ったことが、どれほど無政府党のために不利益になったかしれない。日本の無政府党だって、それくらいのことは、心得ているはずだ。「君たちはどんな悪いことをするつもりでいるんだ」と問うと、「別に悪いことはせんさ」と秋水君が言う。

たまたま秋水君が、病余の筆で「自由思想」を出せば、出るが早いか首だ。日本の無政府主義は、秋水君が初めてアメリカからもたらしたので、帰った当時は耳を傾ける者もなく、多年の同志・堺利彦君でさえも、背《そむ》いたほどだった。「君もサンフランシスコあたりで死んでいたら、偉いものに祭り上げられていたろう」と言うと、「祭り上げられるより生きていたほうがいい。それにしてもカネがほしいなぁ」とつまらぬことを言いだす。

いざ帰ろうとすると、秋水君が新宿停車場まで送っていくという。連れ立って、こんどは裏の木戸から出ると、外にはムシロが敷いてあり、巡査の張番するところだが、昼食にでも行ったのかいない。そっと出て、五、六間行くと、麦わら帽子をかぶった男が、宙を飛んで来る。かまわず新宿のほうへ行くと、いつのまにか男が二人になっている。

電車に乗ろうとするところで、一人の男が近づいてくると、「お名前は」ときた。「先に君が名乗れ」と言うと、ふところから手帳を出し、新宿警察署巡査・海老沢某と書いてある。「確かな人だよ」と、秋水君が言葉を添える。どっちが調べられているのか、わからなくなってしまった。

この記事が出たとき、新村忠雄は、紀州の新宮にいた。しかし、「東京朝日新聞」は大石誠之助のところへ郵送されたから、なんども読み返したものだった。記事中にあるように、幸徳秋水は、ドクトル大石の薬に頼っており、病院の薬局を手伝っていた新村が、新宮から定期的に郵送した。

千駄ヶ谷九百三番地の家の前に立っていた新村は、葵橋のほうへ戻った。かつての平民社と、斜向かいの川べりの家が、九百二番地の増田謹三郎方である。クリスチャンの増田は、出版社に勤務して、社会主義となんの関係もない。妻は産婆をしており、どういうわけか、管野スガと仲がよかった。

明治四十三年三月二十二日、平民社をたたんで、幸徳と管野が湯河原へ行くときには、管野の家財道具を増田方へ預けた。そんなこともあって、五月一日に東京へ戻った管野は、この家の離れの六畳間を借りている。

「こんばんは。遅くなりました」

新村が顔を出すと、管野は古河力作と二人で、なにやら談笑していたが、きつい目つきになった。

「あら、秋峰君だけ?」

「申し訳ありません。宮下君は、どうしてもこられない事情があります。くれぐれも幽月さんによろしくとのことで、今夜の相談に関しては、ぼくに委任するそうです」

「このあいだの手紙には、かならず上京すると、書いていたけどなぁ」

語尾を上げて、ちょっと不満そうだったが、肩をすくめながら言った。

「まあ、いいか。壮大な革命を決行するまでには、きっと古河君とも顔合わせするよね」

「はい。今夜こそ会えると、楽しみにしていましたけど」

上下つなぎの作業服を着ている古河は、このとき遠慮がちに口をひらくと、甲高い声で新村にたずねた。

「こんな日に、どうしても宮下君がこられない事情というのは、なにか重大なことがおきたんだろうか」

「そのことについては、あとできちんと説明するよ」

新村としては、宮下太吉の軽率なふるまいに関して、どこまで話してよいかわからない。古河は猜疑心が強いから、あいまいな説明をすれば、かえって不信感をもつだろう。

「まず、再試験のことですが、四月二十六日に姨捨駅で落ちあって、二人で適当な場所を探したけど、結果として断念せざるをえませんでした」

「ちょっと、秋峰君。あれほど頼んでおいたのに、あっさり断念したの」

「北アルプス山中に入るならともかく、姨捨山あたりは人目があって、とても爆発物の試験はムリです」

「姨捨伝説によれば、深い山奥へ老婆を置き去りにするじゃないの。人目につけば、そんなことはできないよ」

「あくまでも昔話です。いまごろは雉撃ちの猟師が多いから、爆発物の試験は、危険だと判断しました」

「雉も鳴かずば撃たれまい……。それじゃ仕方ないか」

「それでも宮下君は、鉄製の小鑵二個と爆薬の紙包を、ちゃんと持参していたから、やる気は十分でした」

「はい、了解。この期におよんでは、彼を信用するしかないよね」

管野は苦笑いしたが、古河は不満な様子だった。

「宮下君は、今年の正月に平民社にきたときも、おなじ爆裂弾の材料をもっていたんじゃなかったか」

このとき新村は、古河の疑問はもっともだと思った。

明治四十二年十二月三十一日、宮下太吉は、千駄ヶ谷の平民社を訪ねている。明科から長野へ出て、信越線で上野に着き、午後十一時ころ顔を出した。このときの用件は、「決行の時期と場所をきめたい」ということだった。

幸徳秋水は寝ており、新村の四畳間に通して、午前二時まで話し合った。天長節に爆裂弾の試験に成功した宮下は、意気盛んでいるのに、平民社の反応がはかばかしくないから、もっと具体的なことを、幸徳と相談したいという。

明治四十三年一月一日、午前七時に起床し、奥の八畳間で、幸徳秋水、管野スガ、宮下太吉、新村忠雄の四人が、屠蘇《とそ》を飲んで雑煮を食べた。しばらくたって、宮下が黒いカバンをあけ、鉄製の二個の小鑵と、爆薬の紙包を取り出した。小鑵の一つは、部下の新田融につくらせたもので、ブリキ製ということだった。もう一つは、油差しの鑵を改造したもので、宮下自身がつくった。二つのうち、爆裂弾に向いているのはどちらか、意見を聞きたいと言う。

「こんなものをカバンに入れて、よくポリ公に見つからなかったな」

幸徳が感心したように言ったが、大晦日の深夜とあって、見張りの警察官は、一人もいなかった。いれば訪問者の持ち物を、当然のようにあらためる。

「それじゃ、投げてみるか」

まず幸徳が投げて、それから代わる代わる、二つの小鑵を投げた。八畳間のことだから、転がすようなもので、とくに標的はなかった。

「ロシアの爆裂弾は、コンペイトウのように、突起がついているじゃないか」

「秋水先生、突起がなくてもだいじょうぶです。おれが明科で試験したとき、これとおなじ物を使って、たいへんな威力でした。なんたって、投げた本人が吹き飛ばされそうで、その場に立っていられなかったんです」

宮下が説明をはじめたら、幸徳は徳利を手にして、「もっと飲もう」と、管野に燗をつけさせた。それで宮下は、話の腰を折られてしまい、「決行の時期と場所」については、あとで切り出すつもりでいたようだが、年始客が顔を出すなどして、それきりになったのである。

古河力作の疑問は、五カ月半前とおなじ状態で、爆裂弾が完成しない理由のようだから、新村忠雄としては、説明しなければならない。

「古河君が平民社へきたのは、一月二日だったな」

「宮下君が訪れると知って、急いできたんだが、残念ながら会えなかった」

「あのあと宮下君は、ブリキの小鑵を二十四個つくった。これは爆薬の量に合わせた数で、その気になればいつでも、二十四個の爆裂弾が完成する」

「だったらいますぐ、完成させればいいだろう」

「それはムリな相談だ。いったん薬品を調合すれば、いつ爆発するかもしれない。一個でもたいへんな威力なのに、二十四個も所持したとき、どんな事態がおきると思うか」

すかさず新村は、宮下太吉の言い分を、そのまま口にした。すると古河が、ニッコリ笑って応じた。

「わかった、わしが預かろう。それなら文句はないはずだ」

「私も賛成だな。古河君なら、めったに尾行がつかない。康楽園はとても広くて、隠し場所はあるよね」

「ええ。敷地千八百坪で、広大な苗圃と栽培花壇があります」

管野スガも賛成とあって、古河は満面の笑顔だった。無邪気な少年のような風貌だが、やはり豪胆な男だと、新村は舌を巻く思いだった。自分は宮下に、「おれが完成させるから、新村君が持ち帰って、手元に保管しておいてくれ」と言われ、怖じ気づいたのだ。

「さすが古河君は、越前の男だけあって、頼りになるなぁ」

管野が持ち上げるので、新村としてはおもしろくない。そこですかさず、突っ込んでおくことにした。

「ところで古河君。襲撃場所の選定の件だけど、下見は進んでいる?」

「いまのところ、地図で調べている段階だけど」

約束を履行していないので、バツの悪そうな顔になった。

明治四十三年一月二十三日、千駄ヶ谷の平民社に、「決行の時期と場所」をきめるためにあつまることにした。これは宮下が、強く望んだからである。

一月一日は屠蘇気分で、爆裂弾に見立てた小鑵を投げたりしたが、具体的なことは、なにも話し合っていない。宮下は昼すぎに平民社を出て、甲府の山本久七のところへ年始に行った。姉のナカは、最近は落ち着いており、夫婦仲はまずまずという。このとき新村は、新宿駅へ見送りに行ったが、宮下が不機嫌なので、中野駅まで同行した。意気込んで明科から出てきたのに、幸徳秋水にはぐらかされ、「やる気がないじゃないか」と、ずいぶん腹を立てていた。次の話し合いを一月二十三日にもつことにしたが、かんじんの宮下がこなかった。幸徳は下痢が止まらないとかで、八畳間で寝ていた。古河が仕事を終えてきたとき、管野は銭湯へ行っており、新村の四畳間で三人が相談をはじめたのは、午後九時すぎだった。

三人だけでは、決行の時期をきめられない。しかし、襲うのは天皇の御馬車だから、方法、手順、役割を話し合った。このとき新村が、自分のノートに鉛筆書きで、四人一組の襲撃方法を示した。真ん中に「御馬車」と書いて、進行方向の矢印を付した。その左前方に「甲」、左後方に「丁」、右前方に「丙」、右後方に「乙」である。まず合図があって、一番目に甲が爆裂弾を投げる。二番目に乙が投げる。この攻撃を受けて、御馬車が前へ進めば、丙が投げる。後退すれば、丁が投げる。

この挟み打ち式の襲撃方法は、あらためて煙山専太郎著『近世無政府主義』を読んで、新村が考えついた。

《一八八一年三月十三日の大運動に関しては、ペローフスカヤが指導者となり、鉛筆をもって暗殺をおこなうべき地方の図を明確に描示し、自分がハンカチを振って、カタリナ溝渠《こうきょ》に沿って配置された共謀者のおのおのに、何処へ行くべきか、何処に立つべきかを合図し、皇帝の一行が近づいたことを示して、まずリスサコフに第一弾を投擲《とうてき》させ、さらにグリネヴィツキーに第二弾を投擲させた》

二十八歳のソフィーア・ペローフスカヤは、名門貴族の家に生まれ、ペテルブルグ県知事の娘だった。皇帝アレクサンドル二世を暗殺した指揮者として、その年の四月に公開処刑された。

新村忠雄は、管野スガとペローフスカヤを、どうしても重ね合わせてしまう。おなじ二十八歳だが、管野は名門の出とはいえず、奔放な男遍歴で知られて、荒淫が肺病や脳病の原因とまでいわれている。しかし、言いたい奴はなんとでも言えばいいのであり、新村にとっては憧れの女性なのだ。

明治四十三年一月二十三日の話し合いの場で、甲・乙・丙・丁の役割を、いまのうちにきめておこうと、管野が言った。新村としては、甲の役は管野であってほしい。ところが古河が強硬で、自分でなければならないと主張した。「桂太郎暗殺計画」のときがそうであるように、天皇の御馬車の警護がきびしくても、体軀矮小な自分なら油断するという。それはわかるけれども、決行の時期も未定なのだから、後日にきめようということになった。そのとき古河が、自分は目立たないから、襲撃場所の実地調べをしておくと、約束をしたのである。

「それで今夜の相談だけどね」

管野スガが、あらたまった口調で、古河力作と新村忠雄の顔を、交互にみつめた。

「壮大な革命運動について、秋水の態度がハッキリしないから、除外せざるをえない。その理由を説明しようか」

「いや、わしはいいです。およそのことは見当がつく」

古河がきっぱり言ったので、新村も同調した。

「宮下君と明科で話し合ったときも、われわれ四人で決行しようと、腹をくくりました。幽月さんの出獄を待って、われわれでやりましょう」

「ありがとう。私は嬉しい」

管野は涙声になって、目頭を押さえた。こんなしぐさは珍しく、入獄の前夜とあって、気持ちが昂《たかぶ》っているようだ。

「相談というのは、このあいだの甲・乙・丙・丁の見直し。闘争の人的経済とでもいうのかな。四人一組で襲撃して、もし失敗したときは全滅だから、二人ずつ二組に分け、前衛と後衛とするのよ」

「前衛と後衛ですか?」

新村が問い返したのは、軍隊における「前衛」が、もっぱら偵察・警戒にあたると聞いていたからだ。

「ちょっと後退したような印象を受けますね」

「そんなことはない。階級闘争の前衛は、もっとも革命的、先進的な役割をはたす。後衛は守備にあたるけど、前衛に代わって攻撃に転じる」

「わかりました。それならぼくも、納得できます」

「古河君は？」

「わしも賛成です」

古河が頷いたところで、管野はざら紙を取りだした。それに鉛筆で四本の線を引き、下に一・二・三・四と書いた。

「秋峰君は、宮下君の委任を受けたから、代わって引いてくれるね」

「はい。そうします」

すると管野は、体の向きを変えて鉛筆を使い、ざら紙の中央をハンカチで隠して、二人の前に置いた。

「公平にあみだくじでいこう。恨みっこなしだよ」

あみだくじとは意外だったが、抽選にはちがいない。まず新村が鉛筆を握って、右端の線の上に「太」と書き、その隣に「峰」と書いたら、次に古河が「力」と書き、左端に管野が「月」と書いた。

「それじゃ、よく見てね」

手慣れた様子で、ハンカチで隠していた部分の線をたどると、一は月、二は力、三は峰、四は太だった。

前衛は、管野スガ、古河力作。

後衛は、新村忠雄、宮下太吉。

とっさに新村が思ったのは、宮下が納得するだろうか、ということだった。計画の発案者で、自分で爆裂弾をつくったのである。しかし、委任した以上は、公平な抽選に異を唱えることはできないはずだ。

そんなことを考えていると、古河がたずねた。

「宮下君がこられない事情は？」

「話せば長くなるけど」

「手短に頼む。そろそろ帰らなければ、朝の仕事にさしつかえる」

園丁の古河にとって、植物への水やりが、もっとも重要な仕事である。せかされた新村は、要約して告げた。

「一つは警察の目がきびしくて、東京の同志と面談するのが、困難だということ。二つ目は、ブリキの小鑵をつくった職工が、製材所の予算縮小で解雇され、宮下君を恨んでいるということ。三つ目は、ブリキの小鑵二十四個と爆薬を、部下の職工に預けているということ。これらの事情で、製材所をはなれることができない。そこで明科にとどまって、職工長として睨みをきかせているんだよ」

「ああ、そういうことか。それじゃ、やむをえないだろう」

このとき古河は、意外にあっさり納得すると、終電車の時間が気になるらしく、そそくさと帰った。

新村がホッとしていると、管野が微笑んだ。

「布団は借りてあるから、この部屋に泊まって行きなさい」

「申し訳ないです」

「なんで申し訳ないの。私は秋水と離婚した身だからね」

ナゾめいた言いかたをすると、急にきびしい表情になった。

「宮下君がこられない事情は、いまの説明以外にあるんでしょう?」

「どうしてわかるんですか」

「秋峰君の顔に、ちゃんと書いてあるからよ」

すっと両手を伸ばすと、新村の頰に当て、パチパチと音を立てて叩いた。むろん痛くはなく、子どもをあやすようなしぐさである。

「さあ言いなさい。私にだけは、秘密を許さないぞ」

「はい。隠し事はしません」

これで新村は、重苦しい気持ちから、ようやく解放されるようで、清水太市郎夫婦と宮下の関係を、一気にしゃべってしまった。

「宮下君は、タマという女性を、本気で好いているようです。しかし、清水を裏切ったことで、懊悩しています」

「ああ、なんて軽率なことを、してくれたんだろう」

髪を振り乱すように、管野は頭を揺らして、悲痛な声を上げた。

「清水という男は、スパイかもしれない。タマという女に、職工長を誘惑させて、秘密を聞き出そうとしたんだ」

「そんなことって、ありうるものでしょうか」

「だって秋峰君、よく考えてごらん。五月一日に、タマと体の関係を持ち、五月八日に、清水方に爆裂弾の材料を預けた。みすみす罠にはめられたとしか、考えられないじゃないの」

「言い落としていましたが、宮下君はブリキの小鑵を収めた木箱のなかに、『万一、僕に変わった事のあったときは郵送してくれ』と、康楽園の住所と古河君の名前を書いた紙を入れておいたそうです」

「大バカ者が！」

管野は立ち上がると、大きく腕を振り回して、拳で自分の頭を叩いた。

「とても悪い予感がする。これで計画が発覚し、なにもかも失敗して、私たちは一網打尽にされるのではないか」

「ぼくも心配しているんです」

「ああ、秋峰同志よ。いまこそ勇気をふるって、清水方に預けたものを、取り戻してほしい。それができるのは、あなたしかいないんだ」

「どういう方法で？」

「それを考えるのよ。いまなら間に合う。間に合わせなければならない。そうでなければ、壮大な革命運動は夢とまぼろしに終わる」

「わかりました。最善を尽くします」

新村が深々と頭を下げたら、管野は押し入れをあけて、布団を取りだした。

「とにかく寝ましょう。このままでは頭が狂いそうだ」

二組の布団を並べたところで、管野はさっさと着物を脱ぎ、襦袢姿で横になった。新村のために寝巻も用意されており、着替えたころ声をかけられた。

「電気を消してちょうだい」

「はい。おやすみなさい」

さっそく布団に入り、体を堅くしながら、どうしたものかと考えたが、清水太市郎の長屋へ、自分一人で行くわけにもいかない。いまとなっては、宮下太吉を説得して、自分が爆裂弾の完成品を引き取ると、申し出るしかないだろう。

それを思いついたとき、管野から声をかけられた。

「秋峰君。こっちへ来て、私を温めてちょうだい」

「……」

「それとも私が、そっちへ行こうか」

ありうべからざることが、現実になろうとしている。新村が体を震わせていると、管野がこっちの布団に来て、耳たぶを噛んでささやいた。

「私は出獄したら、秋水のわからないところで暮らす。壮大な革命運動で、秋峰君と一緒に死にたい」

「ぼくもおなじ気持ちです」

「ああ、秋峰よ。愛する同志よ」

管野に熱く接吻されてから、その先のことは、夢のなかの出来事のようだった。


一九一〇（明治四十三）年五月二十日午前十時ころ、明科製材所の汽罐場で働いていた宮下太吉は、主任技師の関鉀太郎から事務所へ呼ばれた。

「この忙しいときに、なんの用だろう」

舌打ちしながら職場を離れたが、見当はついている。

前日も事務所に呼ばれて、「埴科郡屋代町の新村忠雄という社会主義者を、五月十四、五日の両日、下宿に泊めたというではないか」と、厳重注意を受けた。たしかに二泊した新村は、五月十六日午前八時四十六分発の列車で帰った。そのあと荒物屋の望月長平から、「小野寺巡査が張り込んで様子を探っていた」と耳打ちされた。このところ小野寺巡査が、妙に愛想よいと思っていたら、ずっと内偵していたらしい。

五月十七日朝、急に不安になった宮下は、工場を休むことにして、午前八時四十六分発の列車で姨捨駅まで行き、屋代町の新村忠雄の家に立ち寄った。しかし、五月十六日に帰宅した新村は、その足で隣接する坂城町へ向かい、姉の嫁ぎ先である町長の家に泊まり、坂城駅から東京へ発っていた。

兄の新村善兵衛によれば、東京に用があると言って汽車賃を無心するので、ダメだと突っぱねたら、姉のところへ行った。善兵衛は時刻表を調べて、「あんたも行くのなら、午後二時の汽車に乗れば十時に上野に着く」と教えてくれたが、宮下は昼食を馳走になり、午後五時すぎに明科へ帰っている。

製材所の事務室に入って、主任技師の顔を見るなり、宮下は言った。

「新村忠雄とは、完全に縁を切りました。お叱りを受けてすぐ、屋代町へ手紙を書いて、兄の新村善兵衛にも、そのことを伝えておいたのです」

「ああ、そうか」

関鉀太郎は頷いたが、しばらく黙っている。

しかし、宮下は間違いなく、五月十九日付で手紙を書いた。

《一昨日は、不意に参上して、ご厄介になりました。帰る早々、夜になると例の注意がきて困っています。経済上の都合もあるので、しばらく静かにやるつもりでいるから、忠雄兄のご訪問と書面を、少しのあいだ断ります》

もちろん、完全に縁を切ったわけではないが、新村が明科にきてから、警察の監視がきびしくなった。こうして断っておけば、当座をしのげると思ったのだ。

ところが関は、冷たく言い放った。

「松本警察署から来た刑事たちが、君に聞きたいことがあるそうだ。製材所でやられると迷惑だから、下宿へ帰って取り調べに応じてくれ」

「なんの取り調べですか」

「自分の胸に手を当て、よく考えてみればわかることだ」

取りつく島もないから、宮下としては、指示にしたがうしかなかった。

製材所の門を出たところに、駐在所の小野寺藤彦と、三十歳くらいの刑事が待っていた。さっそく警察手帳を示し、名前は中村鉄二郎で、階級は巡査である。

「任意の事情聴取なので、拒むこともできるが、これからあなたの部屋で、穏やかにお聞きしたい」

「かまいませんよ。聞かれて困ることなどは、なに一つないからね」

つとめて平静を装いながら、いったいなにがバレたのだろうかと、宮下は不安だった。清水タマとの姦通罪ということも、まったくないわけではないが、夫の清水太市郎は、いつものように出勤しており、とくに変わった様子はみられない。そうすると、新田融あたりから、ブリキの小鑵をつくった件で、なにか聞き込んだ可能性もある。とはいえ本人は、家族四人で今朝の列車に乗り、秋田へ向かった。長野県内で就職先を探したがみつからないので、秋田市の妻の実家に身を寄せることにした。その八時四十六分発の列車を、宮下はプラットホームで見送り、餞別を五円包んだのも、口止め料のつもりだった。

望月長平方の二階に上がると、中村刑事が、窓の外を見て感心した。

「犀川と高瀬川が合流して、さすが水郷の明科だな。材木を運び上げるトロッコも、なかなか風情がある。じつは私は、これまで明科に縁がなかった」

その言葉にウソはなく、中村は五月十七日の夜に、松本警察署長の命令で、応援に派遣されたのだ。

*　*　*

明治四十三年五月十九日夜、中村鉄二郎は、小野寺藤彦と連名で、長野県警察部長宛の「報告書」を書いている。

宮下太吉は、社会主義者であり、表面は離脱の挙動を示しつつあるが、「硬派」を主張する幸徳秋水を崇拝しており、社会主義を断念し、機械職に専心従事して、正業に身をまっとうする決心を認めることはできない。ときに決心をひるがえす傾向があり、その言を漏らしつつあるために、危険人物として要視察中のところ、必要があるとは認められない小さなブリキ鑵を、ひそかに製造したとの説があった。

また、社会主義者として視察を要すべき新村忠雄（埴科郡屋代町）としばしば往復し、東京にいる幽月こと管野スガ、幸徳秋水と書信しており、言行一致しない。いっそう注意を要すべきものと思い、他人に依頼して偵察させたが、とくに危険とする原因は見当たらなかった。しかし、ブリキ小鑵の製造については、信用ある方面から、「昨年秋に東川手村で入手した」と伝わってきたので、同村をくまなく探ったが、要領をえなかった。

五月十七日午前八時三十分ころ、宮下太吉は、明科停車場で取り締り勤務をしていた小野寺藤彦に、「これから屋代町へ行く」と称し、午前八時四十六分発の列車に搭乗した。宮下が新村と、五月十四、五の両日に会合しながら、さらに新村を訪問することを疑い、ますます注意をくわえることにした。

五月十七日午後四時ころ、小野寺が巡邏《じゅんら》中に、明科製材所の汽罐火夫の結城三郎に出会った。かねてより密偵に利用していたから、「なにか見聞したことはないか」とたずねたところ、「べつだん疑わしいことはないが、汽罐職工の新田融が宮下の依頼を受け、用途は不明ながらも、小さなブリキ罐を製造した風評がある」と告げた。

小野寺は大いに疑問を抱き、新田は宮下と親密に交際しているので、あるいは共謀して爆発物を製造したのではないかと思い、これを松本警察署長に報告した。

松本警察署長が、刑事巡査の中村鉄二郎を明科へ派遣したところ、新田融は、五月十六日付で明科製材所を解雇され、求職のため西筑摩郡へ旅行して不在のため、製罐の事実を確かめることができなかった。

五月十九日午後三時四十六分、新田が旅行先から帰宅したので、さっそく結城三郎を利用して、ひそかに明科の料理店「埴科屋」こと坂井ハル方に招いて酒肴を提供し、製罐の事実、目的、個数などを聞き取ろうとした。初めのうち新田は沈黙し、容易に事実を語ろうとしなかったが、ややあって語りはじめた。

「本年四月二十三日ころ、宮下に頼まれ、直径一寸、高さ二寸くらいのブリキ罐二十五個を、休憩時間を利用して、四日間かけて製造した。このうち一個は不出来だったので廃棄し、二十四個を宮下に渡した。昨年十月下旬、宮下はどこからか薬研を持参し、私の借家の一室で、赤色の薬品を粉末にしていた。その薬品はなにかと聞いたら、『すこぶる危険なものである』と、宮下は答えた」

その薬研は、だれの手から出たのか。二十四個の罐は、どうしたのか。薬品を買い入れた事実は、はたしてあるのか。もっぱら捜査中のところ、かねてより宮下と懇意にしていた新村忠雄が、明治四十二年十月から十二月までのあいだ、鉄道小包を利用していた。あるいは、そのあいだに薬研を送り越し、送り返したのか。

また、薬品の買い入れについて不明の折から、製材職工の清水太市郎という者が、宮下太吉と親密な関係にあって、多少の荷物を預かっており、その内情を知りうるという聞き込みもあるので、目下、探偵を続行中につき、ご報告致します。

明治四十三年五月十九日

松本警察署巡査　中村鉄二郎

同　小野寺藤彦

宮下太吉が、自分の部屋であぐらをかいて、どのような尋問をされるのかと思っていたら、中村刑事が探りを入れた。

「五月十七日に屋代町へ行ったのは、どんな用件だったのか」

「そのことなら、明科停車場で会ったとき、小野寺巡査に話したとおり、新村忠雄と縁を切るためだ」

「忠雄と会って、どのようなことを話したのか」

「それが会えなかった。新村は前夜に、義兄の坂城町長方に泊めてもらい、そのまま東京へ発ったという」

「実際は会ったのではないか」

「いや、入れ違いで会えなかった。そのことは、新村善兵衛が知っている」

警察が知りたがっているのは、この程度のことなのかと、宮下はいくらか安心できた。あのとき新村家の前で、屋代警察署の巡査がウロウロしていたから、新村忠雄と会っていないことは、わかっているはずなのだ。

「新村善兵衛は、おれが製材所の職工長になったときの保証人で、『社会主義を捨てるのが条件である』と、きびしく言い渡した。弟の忠雄とは、まったく考え方がちがって、温厚な人柄で知られている」

「いかにも善兵衛は、日露戦争では旅順攻略に勲功があって、戦後は屋代町の収入役をつとめた人物だ」

中村は納得したような口ぶりで、尋問の方向を変えた。

「新田融は、あなたに頼まれて、ブリキの小鑵をつくったと言っている。そのような事実があるか」

「いかにも小鑵は、鋲や釘やペン先を入れておくため、新田に頼んでつくらせた」

用意しておいた答えだから、宮下はよどみなく答えた。爆薬さえ発見されなければ、なんとか切り抜けられる。

「そのブリキの小鑵は、合計で何個だったのか」

「はて、何個だったかな」

「新田が渡したのは、二十四個ということだが、それで数は合うか」

「そんなに多くはない。たしか十個で、きりのいい数だった」

「どこに置いている？」

「手元に何個かあって、あとは工場にあると思う」

「新田が言うには、昨年十月下旬ころ、あなたが新田の家に薬研を持ち込み、なにかをすりつぶして、粉末にしたということだが」

「薬草を煎じて飲んだことはあるが、薬研ですりつぶしたりはしない」

「いや、薬草ではなく、赤色の薬品を粉末にしたのではないか」

「そんなデタラメな話はない。なんでおれが、ことさら新田の家などへ、薬研や薬品を持ち込むんだ」

「新田はデタラメを言う男なのか」

「とても実直な男で、ウソなど言うとは思えない」

「しかし、あなたは新田に、赤色の薬品について、『すこぶる危険なものである』と告げたそうではないか」

「なるほど、そういうことか。これで読めてきたぞ」

このとき宮下は、腕組みをして、なんども頷いてみせた。

「五月十五日の記念日に、官営製材所は予算の縮小で、人員整理を発表した。解雇者のなかに、不幸にして新田融もふくまれており、気の毒な結果になった。おれとしては、なんとか残してやりたかったが、上がきめることでどうしようもない。それを新田が、おれが首を切ったと思い込み、逆恨みしていた。自分は東北へ帰るから、行きがけの駄賃に不実な申告をして、おれを陥れようとしている」

「そういうことは、よくあるそうだから、われわれ警察官としても、鵜呑みにしているわけではない」

若い刑事は、素直に相槌を打って、やおら切り出した。

「そこで相談だが、薬研とか赤色の薬品とかに、思い当たることがないのであれば、あなたの持ち物や、室内をあらためさせてもらえないか」

「かまいませんよ。あらためられて困るものなど、なに一つ出てこない」

こういう事態にそなえて、爆裂弾の材料を、清水太市郎に預けたのだ。宮下がすぐに承知すると、中村と小野寺が、二人がかりで捜索をはじめた。

宮下が借りている六畳間には押し入れがあるだけで、とくに家財道具らしきものはない。押し入れの天井の羽目板まではずして調べ、結果として出てきたのは、カバンのなかの小鑵三個だけである。

「なるほど、宮下さんのおっしゃるとおりでした」

しきりに恐縮しながら、中村が切り出した。

「この小鑵三個を、参考のために、預かっていいですか」

「かまいませんよ。あらぬ疑いをかけられてまで、手元に置くことはない」

「いや、仕事を中断させて、申し訳ありませんでした。これでわれわれは、退散することにしましょう」

親子ほど年の違う二人の巡査のうち、もっぱら中村鉄二郎がしゃべって、明科駐在所勤務の小野寺藤彦は神妙な顔つきである。宮下太吉としては、当座をしのいだことでもあり、捨て台詞を吐いておいた。

「それじゃ、おれは製材所へ戻るとするかな。まったくの話が、人員整理をしたからといって、仕事の量はおなじなんだから、目の廻るような忙しさだ。とはいえ、人間は仕事のできるうちが花だ。ありがたい、ありがたい」


一九一〇（明治四十三）年五月二十二日午後一時ころ、新村忠雄は、埴科郡屋代町の実家へ帰った。五月十六日午前中に明科から帰宅し、兄の善兵衛に東京行きの旅費を無心して拒絶され、プイと飛び出して、六日ぶりの帰宅である。

すると温厚な兄が、たいへんな剣幕である。

「お前という奴は、どこまで人を心配させると、気がすむというのか。屋代警察の連中が、必死になって行方を探し、どこかに隠しているんじゃないかと、おれを疑ってかかり、留置場に入れるとまで脅かした。いったいなにをしでかしたんだ」

「行方が知れないなんて、そんなことはない。ぼくは五月二十日、元の平民社の前にある増田謹三郎方で、警視庁のポリ公から、身体検査を受けている。だいたい東京にいるときは、いつも尾行がつくから、珍しいことじゃない」

「身体検査というと、なにを調べられたんだ？」

「そのときぼくの所持品は、書籍一冊、ガラス鏡一個、クシ一個、ポマード一鑵だけだから、当てがはずれたようだった。爆裂弾でも持っているようだと、思い込んでいたんじゃないかな。ハハハハ」

「笑いごとじゃない！」

温厚な善兵衛が、ずいぶん憤慨しているので、新村も気持ちが昂って、さっそく古河力作に手紙を書いた。

五月十八日、日比谷の東京控訴院検事局で、管野スガの入獄を見送ったあと、新宿駅へ行き、湯河原の幸徳秋水に、「ゴゴ一ジハイッタ、ニイムラ」と電報を打った。それから用事をすませて、山手線と東北線を乗り継ぎ、王子駅で降りると、古河が住み込む康楽園を訪ねて、一泊したのである。

《本日、帰郷しました。帰ってみると、兄貴が非常に、官権の不法に憤慨していました。聞いてみると、屋代町は埴科郡の中枢とあって、警察官が強権をふるいたがる。私の行方が不明というので、五月十九日、兄貴を呼び出して取り調べたところ、「不知」と答えたので、署長は「不知の理由なし。不知と言い張るなら勾留する」と申したので、兄はこれを非難して、頑として帰宅したそうです。翌二十日は、都合三回も召喚されたといいます。多少の財産があり、地位もある男であるため、この官権の横暴にたいして、町の有力者たちも、たいへん憤慨しています。私はどんな扱いを受けてもよいけれども、母や兄が迫害されると、ちょっと面食らわざるをえない。しかし、安心せよ。私はどこまでも運動をやる》

明治四十三年五月二十日午前十時すぎ、松本警察署の中村鉄二郎と小野寺藤彦は、宮下太吉を取り調べて、「新田融にブリキの小鑵十個をつくらせた」との供述をえた。下宿先から三個が発見され、七個は製材所にあるという。その七個について、ただちに確認することはできないが、新田がつくったとする二十四個にたいして、十四個が不足する。

松本警察署長の報告を受けた長野県警察部長は、「五月十七日朝方に宮下太吉が、明科から篠ノ井線で屋代町の新村忠雄のところへ行って、新村がにわかに、信越線で上京した事実があるので、小鑵十四個は爆発物として完成し、これを東京へ運んだ可能性がある」と判断した。

そこで長野県知事は、緊急手配として、警視総監と神奈川県知事に、警察電報を発したのである。

《本県の社会主義者の新村忠雄が、爆発物のようなものを携帯し、貴地へ向かったと見られる。行方不明なるも、たぶん幸徳秋水方ならん》

この手配にたいして、警視総監から回答があり、「新村忠雄の携帯品は、書籍一冊、ガラス鏡一個、クシ一個、鑵香油一個」とのことだった。したがって、爆発物と誤認されたのはポマード入りの小鑵で、新村は危険物をもっていないと判断した。

しかし、兄の新村善兵衛は、屋代警察署の捜査に反発して、ことさら弟の新村忠雄をかばいだてする。宮下太吉の官営製材所における身元保証人でもあり、緊密に連絡をとっているとみられ、要注意人物として、視察・取り締りの対象にした。

一九一〇(明治四十三)年五月二十二日午後八時ころ、宮下太吉は、東筑摩郡中川手村明科の下宿先から、清水太市郎の長屋へ行った。

いつものように無言で入ったところ、表の四畳半に明かりはついているのに、人の気配がなかった。

「清水君はいないのか」

声をかけると襖が開いて、奥の六畳からタマが顔を出した。目が真っ赤で、暗い部屋で泣いていたようだ。

「あの人なら、松本へ行きましたよ。たぶん今夜は、帰らないと思う」

「そりゃよかった。折り入って話があるんだよ」

宮下が上がり込もうとしたら、いつもと違ってタマは、激しく拒絶した。

「もう家にこないで！」

大きな声は出さないが、身も世もあらぬ風なので、宮下はたじろいでしまった。黙って抱き寄せようにも、とても手を出せそうにない。

「どうしたんだ。訳を話してみろ」

「大家さんから言われたのよ。私たちの関係を警察が嗅ぎつけて、あちこち聞いて回っているという。私は姦通罪で、監獄へ送られるかもしれない」

「そんな大仰なことを言うな」

たしかに法律ではそうだが、それで監獄へ送られたという話を、近ごろの新聞で読んだことはない。

「警察は別件で嗅ぎまわっているんだから、あんたが心配することはない」

「別件というと？」

「昨夜の荷物のことさ」

五月二十一日午後九時ころ、宮下が長屋へきてみると、清水太市郎だけいて、タマは銭湯へ行っていた。宮下の用件は、預けていた木箱二個と紙包を、さらに安全な場所へ移すことだから、率直に清水に打ち明けて、次の問答になった。

宮下「預けている荷物のことだが、床の間に置くのはどうかと思ってね」
清水「どういう意味だろう」
宮下「君は中身について、知っているんじゃないか」
清水「火の気のないところに置いてくれと言われたから、かまどに遠い床の間にして、大切なものだとは知っているよ」
宮下「それじゃ言うが、じつは火薬と鉄製の小罐で、爆裂弾をつくるためだ」
清水「なんのために？」
宮下「君は違うにしても、天皇陛下のことを神様だと思っている者が多い。そんな迷信を醒ますために、十一月三日の観兵式のときにでも、御馬車に投げつけて、赤い血を流させる」
清水「本気で考えているのか」
宮下「もちろん本気だ。多くの同志がいるから、かならず成功させる」
清水「同志というと？」
宮下「この手紙を見せよう。『秋水』とあるのは、平民社の幸徳秋水。『月』とあるのは、管野スガのことだ。こういう大物と、おれは組んでいる」
清水「すごい計画だな」
宮下「どうせ人間は、一度は死なねばならぬ身なんだから、君も思いきって同志にくわわらないか」
清水「急に言われても困るが、そんな大切な計画に使うものを、家に置いておくのは危険だ。おれの留守中に、だれかが持ち出したらどうする」
宮下「だから相談にきた。どこか適当な場所はないか」
清水「それなら製材所がいい。広いから隠し場所が多いし、警察も簡単に立ち入れない」
宮下「おれもそう思っていた。問題は、どうやって移すかだ」
清水「明朝おれが、うまく工場へ持ち込むから、二人で一緒に隠そう」
宮下「それじゃ、頼んだぞ。念のために言っておくが、こうして計画を打ち明けて、君も手伝う以上は、発覚したときは同罪だ。くれぐれも秘密は守ってくれ」
清水「よくわかった」

こうして五月二十二日朝、清水太市郎が持ち込んだ紙包と木箱を、製材所のなかに隠したのである。

五月二十二日夜、宮下太吉は、清水の妻タマにたずねた。
「ところで清水君は、松本へ何用で行ったのか」
「そんなことは知らない。表面はなんでもないふりをして、私と職工長とのことは、とっくに勘づいている」

「だったら、今夜のうちにでも、おれと明科を離れて、東京へ行こうじゃないか。三越のダイヤでもなんでも、望みのものを買ってやる」

「そんなことはできない。あんたとは、ふとした過ちなのよ」

「ふとした過ちというのか。おれは本気なんだぞ」

「だったら私を殺して！　私が死ねば、あんたと清水の顔が立つじゃないか！」

とうとうタマが、大声を発したので、宮下はどうすることもできずに、荒物屋の二階へ逃げ帰った。

第三章　第七十三条

一九一〇（明治四十三）年五月二十五日午前六時ころ、松本警察署の中村鉄二郎と小野寺藤彦は、明科製材所の職工・清水太市郎方へ急行して、就寝中の夫婦をおこした。

五月二十三日、松本警察署長の小西吉太郎が、五月二十日に宮下太吉から任意提出させたブリキ小鑵三個のうち一個を、長野県警察部へ持参した。直径三センチメートル、高さ七センチメートルの円筒形で、中村・小野寺巡査による報告書（五月十九日付と五月二十三日付）と照合した結果、「ブリキ小鑵は爆発物製造の用に供するもの」と、ほぼ確認されたからだ。

中村刑事は、強い口調で告げた。

「職工長の宮下太吉から、物品を預かっているだろう。もはや隠しても仕方ないから、素直に事実を説明して、預かっている物品を提出せよ」

ひょろりと長身の清水太市郎は、畳に正座して体を折り曲げていたが、顔を上げると言い返した。

「たしかに私は、宮下職工長から物品を預かっている。しかし、製材所長に報告したあとでなければ、警察に申告することはできない」

「それはどういう訳か」

「役者上がりの私は、手に職というものをもっていない。製材所に職工として採用されたのは、西山忠太所長の温情によるもので、『職工たちのあいだで不穏の動きやくわだてがあったとき、真っ先に自分に報告せよ』と義務づけられている」

「五月二十二日夕方から、汽車で松本まで行ったのは、そのためであるのか」

「そのとおりだが、農商務省の出先機関へ行くと、西山所長は会議のため東京へ出張しておられた。官舎へ伺ったところ、五月二十四日でなければ帰られないと、奥様に言われた。そこで私は、松本の実家で手紙を書き、所長宛に郵送しておいた。そのようないきさつで、呼び出しを待っているところだ」

「お前の気持ちは、わからぬでもないが、長野県警察部は緊急事態とみなして、『清水太市郎から事情聴取せよ』と、われわれに命令が下った。いまとなっては、製材所長に報告するのも、警察官に申告するのも、おなじことではないか」

「そう言われても、私は所長から、『真っ先に自分に報告せよ』と命じられた」

「それならそうしてもよいが、警察の捜査に協力しないのであれば、宮下太吉の連累とみなすことになるぞ」

「決して連累ではない。宮下職工長から、『おれが計画を打ち明けて、君が証拠隠しを手伝う以上は、発覚したときは同罪だ』と脅されたから、不穏なくわだてがあることを、製材所長に報告しようとしたのだ」

「もう一度だけ、お前に聞いておく。警察の取り調べを拒んで、製材所長へ報告するのか。捜査に協力して、進んで真実を申し立てるのか。今のうちに『上申書』を提出すれば、寛大な処置が得られるぞ」

「はい、進んで申し立てます。私の知っていることは、なんでも話しますので、寛大なるご処分を……」

妻のタマと並んで、畳に額をすりつけて懇願した清水太市郎は、およそ次のようなことを上申した。

《今年五月八日ころ、宮下太吉が木箱二個と紙包を預けて、「とても大切なものだから、火の気のないところに置け」と命じた。五月二十一日夜、宮下が長屋へきて言うには、「木箱の中身は鉄製の小鑵で、紙包に二種類の火薬が入っている。これで爆裂弾をつくり、十一月三日の観兵式のときにでも、天皇陛下に投げつけ、赤い血を流させる。同志は多数であり、幸徳秋水や管野スガら大物と組んでいるから、かならず成功させる。去年十一月三日に明科の山中で、東川手村でつくらせたブリキ小鑵に爆薬を詰めて試発したら、たいへんな威力だった」とのことだった。五月二十二日朝、宮下から預かっていた物品を、私が製材所へ持ち込んだのは、宮

下が隠す場所を見届けておき、製材所長に密告するためである》

明治四十三年五月二十四日から、長野県議会の議事堂で、「長野県警察署長会議」が、五日間の予定でひらかれている。松本警察署の小西吉太郎署長は、五月二十三日、篠ノ井線で長野市へ向かうとき、明科駅のプラットホームで待機していた小野寺巡査から、「報告書」の追加分を受け取った。

五月二十五日午前七時ころ、松本警察署長は、明科駐在所からの電話で、清水太市郎が爆裂弾の材料を預かったという報告を受け、「尋常ならざる事態」と判断した。

爆発物取締罰則違反は、法定刑の上限が死刑という重罪である。これにくわえて、刑法第七十三条〔皇室ニ対スル罪〕は、人倫にそむく悪逆という意味で、大逆罪といわれる。「天皇、太皇太后、皇太后、皇后、皇太子又ハ皇太孫ニ対シ危害ヲ加ヘ又ハ加ヘントシタル者ハ死刑ニ処ス」と、犯行計画を立てただけでも死刑だから、途方もない重大犯罪が、明科製材所でくわだてられたことになる。

そこで松本警察署長は、警部の小山甚平と刑事巡査の伊藤亀尾の二人を、松本から明科へ急行させた。明科駐在所の巡査・前島秀行は、明科地区以外を担当しているが、これも捜査にくわわらせた。

この三人が、中村鉄二郎、小野寺藤彦の両巡査に合流し、小山警部の指揮により、清水太市郎の案内で、明科製材所を捜索することになった。裁判官が発付する家宅捜索令状は、とても間に合わないから、「承諾捜索」ということにして、主任技師の関鉀太郎に立ち会いを求める。

五月二十五日午前十時から、爆発物取締罰則違反の疑いで、明科製材所内において捜索がはじまった。皇室にたいする罪は、裁判所構成法にもとづき、大審院の管轄である。したがって、大審院検事局の検事総長の許可がなければ、捜査に着手することはできない。

捜索が開始される前に、宮下太吉は、製材所から連れ出され、「任意の事情聴取をするので、しばらく待機せよ」と、明科駐在所に軟禁された。むろん本人には、清水太市郎が案内役をつとめていることなど、まったく知らせていない。

まず汽罐場から捜索をおこない、機械を据え付けた台の下から、新聞紙やボロ布に包んだものが、次々に発見された。五月二十二日の始業前に、宮下がブリキ小鑵や薬品の紙包を隠している。その一部始終を、清水が目撃したのだから、それほど苦労することはない。動力源の汽罐場に次いで、鍛冶工場の捜索をおこない、天井裏から新聞紙に包んだものが発見された。調合済みの爆薬のようだった。

この捜索により、次の物品が押収された。

（1）ブリキ製の小鑵＝計二十一個。

（2）鶏冠石と認められる粉末＝約二百十八グラム。

（3）塩素酸カリと認められる粉末＝約三百五十六グラム。

(4)爆発物として調合したと認められる粉末＝約九十四グラム。
(5)木箱の中にあった紙片＝「万一、僕に変わった事のあったときは、東京府北豊島郡滝野川村百十三番地康楽園方古河力作に郵送してくれ」と記載。

この捜索結果にもとづいて、松本警察署の中村鉄二郎、小野寺藤彦の両巡査は、ただちに告発状を作成した。


【宮下太吉の被疑事実】

宮下太吉は、社会主義者のいわゆる硬派に属し、冒険敢行のおそれのある人物として視察中のところ、管野スガ、新村忠雄、幸徳秋水らと書信の往来がひんぱんであるだけでなく、新村はときどき上京し、社会主義者たちを訪問している。また、宮下は新村としばしば会合して、何事かを画策するような疑いがあることを偵察した。

命令によって、進んで内偵をとげたところ、宮下は、新村の兄の新村善兵衛のあっせんにより、薬研一個を借り受け、爆発物に必要な薬品を調合したとみられる。かつ、宮下太吉は、明治四十二年十月下旬ころ、東筑摩郡東川手村のブリキ職人某に、小さなブリキ鑵数個をつくらせ、同年十一月三日ころ、これに爆発薬を装塡し、ひそかに山中において試発したとのことである。

なお、宮下太吉は、明科製材所の機械職工の新田融に、ブリキ小鑵二十四個を製作させた。新田を取り調べたところ、「間違いなく自分がつくって宮下に渡した」と答えた。

明治四十三年五月二十日、宮下を取り調べて、住居内を捜索したところ、蓋つきのブリキ小鑵三個を発見した。その用途を問うと、「鋲や釘やペン先などを入れる」と答えたので、参考のために任意提出させて、これを領置した。さらに進んで、宮下太吉の挙動や、爆発物に要する薬品および小鑵の所在地をきびしく探したところ、製材所機械部の工場内に隠匿した疑いがあった。

五月二十五日、明科製材所の所長代理の承諾をえて、機械職工の清水太市郎に、工場内を案内させたところ、汽鑵場の機械据え付けの下部から、ブリキ小鑵二十一個、鶏冠石の粉末約二百十八グラム、塩素酸カリの粉末約三百五十六グラムなどを発見した。また、鍛冶工場の天井裏から、爆発物調合剤とみとめられるもの約九十四グラムを発見した。

右の状況を総合してみれば、宮下らは密謀の結果、他人にたいし危害をくわえる目的をもって、爆発物を製造したものである。

明治四十三年五月二十二日付で、清水太市郎が、明科製材所長の西山忠太宛に郵送した手紙には、次のようなことが書かれていた。

《西山所長様。御帰宅のうえ、製材所に御臨検のときは、汽鑵場で申し上げるのはなによりも難しい事であり、また、その気配があっても事が成らないと思います。お出での折には、小使いを通じてでも、私を所長室にお招き下さいますように、ひとえにお願い申し上げます。また、本件につきましては、広い日本に私一人より知る者がなく、私さえ口を開かなければ、目下のところ知る人はおらず、本人も私のことを、頼りに思っているようです。所長におかれましては、御多忙の事でしょうから、出張から帰られて、松本で御用済みのうえで、御拝顔いたしたく思っております。明科より参上し、取り急ぎしたためた書面にて、失礼の段は、幾重にもおわび申し上げます》

五月二十五日午前九時すぎ、松本警察署長の小西吉太郎は、長野県議会の議事堂でひらかれていた警察署長会議を中座して、長野地方裁判所検事局へ行くと、ひそかに三家重三郎検事正に会っている。

このとき検事正に、ブリキ鑵を示した。

「これを証拠物として、宮下太吉と新村忠雄にたいし、爆発物取締罰則違反で、逮捕状を出していただきたい」

「そのブリキ鑵だけでは、爆発物製造の用に供するものとは認められぬ。清水太市郎の申し立てがあったからといって、逮捕状を発付するわけにはいかない」

三家は慎重であり、小西の先走りをいましめる口ぶりだった。

「しかし、明科製材所内を、管理者の承諾をえて捜索して、爆薬などが発見できたときは、宮下太吉を現行犯で逮捕する。そのうえで、屋代警察署長に要請して、新村忠雄方を捜索し、逮捕に踏み切ればよかろう」

「二人の供述内容によっては、刑法第七十三条を適用するのか」

「そこまで発展する可能性も、ないわけではないだろうが、あくまでも表向きは、爆発物取締罰則違反として、慎重に取り扱ってもらいたい」

この相談を終えて、ただちに小西吉太郎は、明科駐在所へ電話をかけ、待機する警部の小山甚平に製材所の家宅捜索を指示し、長野駅から篠ノ井線で明科へ向かったのである。

明治四十三年五月二十五日午後二時二十八分発の列車で、宮下太吉は、明科から松本へ護送された。

午前十時からおこなわれた製材所の捜索には、薬剤師の箕浦辰三郎がくわわって、鍛冶工場の天井裏から発見した「爆発物として調合したと認められる粉末」の微量を、事務所の炭火中に投入したところ、火花を放って爆発燃焼した。このため爆発物の疑いをもち、約〇・三グラムを、紙を重ねて固く折り包み、庭の敷石の上に載せた。危険を避けるために、ハンマーの柄を竹竿の先に結びつけ、二メートル離れたところから打ち下ろすと、小銃のような音響を発して爆発燃焼した。

これ以上の試験は、押収品を持ち帰り、松本警察署で続けることになったが、まぎれもない爆薬だから、ブリキ小鑵に充填して密封すれば、爆裂弾が完成する。宮下太吉は、午後一時すぎ、爆発物取締罰則違反の現行犯として、明科駐在所で逮捕されたのである。

明治四十三年五月二十五日午後三時ころ、屋代警察署長は、松本警察署長の要請によって、自宅にいた新村忠雄を、爆発物取締罰則違反の共犯者として逮捕した。

まず家宅捜索がおこなわれて、多数の社会主義関係の出版物などが押収された。このなかには、「われらは暗殺主義の実行を主張す」とのスローガンを掲げた「暗殺主義」第一巻第一号や、『入獄記念／無政府共産』もふくまれていた。

捜査当局にとって、家宅捜索の最大の目的は、宮下太吉が、明治四十二年十月中旬ころ、新田融の借家に持ち込んで、赤色の薬品を磨砕したとされる薬研である。十月中旬ころ、明科駅に宮下宛の菰包みの荷物が届き、製材所の見習工の石田鼎が取りに行かされ、新田方へ持ち込んだという。十二月上旬ころ、宮下が菰包みの荷物を、信越線の屋代駅止めで発送して、新村忠雄宛になっていた。

明治四十三年五月十九日付の中村・小野寺巡査による報告書に、「かねてより宮下と懇意にしていた新村忠雄が、明治四十二年十月から十二月までのあいだ、鉄道小包を利用していた。あるいは、そのあいだに薬研を送り越し、送り返したのか」とあるのは、鉄道小包の伝票を調べたからだ。

しかし、新村方をくまなく捜索したところ、薬研らしきものは発見されなかった。逮捕された本人は、「そんなものは知らない」と否認し、立会人の新村善兵衛も、「なんのことかさっぱりわからない」と、当惑した顔つきだった。

五月二十五日午後四時四十四分発の長野行き列車で、新村忠雄は、屋代町から松本市へ護送された。信越線から篠ノ井線に乗り換えて、日が暮れたころ、松本駅に着くことになる。

屋代警察署としては、薬研の発見に全力を挙げることになった。生薬を粉末化するための道具は、漢方医が使用するから、新村忠雄の交友関係を洗ったところ、夜更けになって、埴科郡埴生村の西村八重治が浮かんだ。この女性は、長野市の小学校教員の妻だが、漢方医の父親が長患いしているので、前年秋から実家へ帰っている。

西村八重治は、屋代署員の事情聴取にたいし、初めのうち言を左右にしていたが、やがて次の事実を認めた。

(1) 新村忠雄は、夫が屋代町に勤務したころの教え子で、長野市に転勤してからも、よく家に遊びにきた。そのような関係で、明治四十一年七月十五日、新村が編集兼発行人の「高原文学」を創刊したとき、自分も同人にくわわった。

(2) 明治四十二年十月ころ、新村忠雄が、埴生村の実家を訪れた。薬草を調合するので、しばらく薬研を貸してほしいという用件だったが、あいにく貸し出していたので、数日後に取り寄せておくと約束した。

（3）四、五日後の夜に、新村善兵衛の使いと称して、作男の柿崎嘉六が取りにきたので、そのまま薬研を渡した。
（4）明治四十三年一月ころ、新村忠雄が訪れて、とっくに用済みになっていたが、自分が東京へ出ているとき、兄の善兵衛が返すのを忘れていたので、急いで持参したと説明した。
（5）そのあと薬研を、だれにも貸し出すこともなく、いまは手元にあるので、必要なら任意提出する。

五月二十五日午後十一時ころ、新村善兵衛は、屋代町の料理店「寿楼」で酒を飲んでいるところを、爆発物取締罰則違反の拘引状を示され、屋代警察署へ連行された。料理店の女中頭は、かつて町で芸者をしており、善兵衛と結婚の約束をしたが、善兵衛の母ヤイに拒絶されて、駆け落ちまでした仲だった。

屋代署員が踏み込んだとき、新村善兵衛は、二通のハガキをひそかに女中頭に渡し、投函するように頼んだ。新村忠雄が、家宅捜索のさなかに走り書きしたもので、湯河原の幸徳秋水と、紀州新宮の大石誠之助に宛てた同文のものである。

《今日、突然ポリ公に踏み込まれて、物件を差し押えられました。たぶん私も逮捕されて、松本へ送られると思います。右、とりあえずお知らせしますが、委細は二、三日後に申し上げます。失礼の段はお許しください》

この二通のハガキを、新村善兵衛が連行されたあと、女中頭が郵便ポストに入れた。しかし、警察官が尾行しており、郵便局側が協力して、幸徳と大石宛のハガキは、爆発物取締罰則違反の証拠物として押収された。

逮捕された新村善兵衛は、夜明けまで列車がないため、屋代警察署の留置場に入れられ、五月二十六日午前五時四十分発で、長野経由で松本市へ護送された。

明治四十三年五月二十五日夜、清水太市郎は、善光寺の西方にある長野地裁検事局で、次席検事の和田良平から、取り調べを受けた。

【清水太市郎の供述調書】

私は、明治四十二年九月から、明科製材所の職工になり、仕事場は宮下太吉と一緒で、入所いらい懇意にしております。

宮下は社会主義者であり、日ごろから私にたいし、「社会主義は、社会の階級を打ち破り、すべての人を平等にして、労働者を救い、国民一般の幸福をはかるものである。役所などで無理なことをしたとき、社会主義者は、労働者に同盟罷工を呼びかけ、組織的な反抗をする」と申しました。

私には、宮下の言うことが、良いか悪いかを判断する力はありません。しかし、西山忠太所長のお世話になり、注意を受けておりましたから、宮下の言うことに、盲従する気はなかったのです。したがって、宮下はどんなことをするのか、秘密をさぐってやろうと思い、親密に見せかけて、信用されるようになりました。

明治四十三年五月八日ころ、宮下が長さ五尺、幅五寸くらいの白木造りの箱二個と、紙包一個を私の部屋へ持参し、「君に預ける」というので、べつになんとも思わずに、座敷の床の間に置きました。

五月二十一日夜、私のところへ来た宮下が、木箱と紙包の中身について、「君とは親しくしているので話すが、ブリキ罐と火薬を入れており、爆裂弾をつくる。君のような頭ではわかるまいが、天皇陛下のことを神様だと思っている者が多いから、そんな迷信を醒ますために、十一月三日の観兵式のときにでも、陛下に投げつけるつもりだ。どうせ一度は、死なねばならぬ身なのだから、君も仲間になったらどうか」と言いました。

私は心中ひそかに驚き、恐れ多いことを口にして、たいへんなことを計画している男だから、どんな危険な行為をやるかもしれないので、西山所長に申し上げようと思い、後々の証拠にするため、「自分が勤めに出て不在のとき、人に知られては困るから、製材所へ隠したほうがよい」と言うと、宮下も賛成したので、翌二十二日朝、木箱二個と紙包一個を、私が製材所へ持っていき、宮下が隠したのでした。

このとき宮下は、「ブリキの小罐は新田融につくらせた。彼とは懇意にしていたのに、おれに頼まれてつくったことを、巡査にしゃべりやがった」と申しました。さらに宮下は、「爆裂弾計画の決行は、管野スガ、新村忠雄、おれの三人で相談した。計画そのものは、幸徳秋水も知っている。いずれ管野が放免になって、十一月三日ころ決行する」と打ち明けたので、まだ先のことだと思い、私は一安心したのです。

宮下は私のところへ、新聞や本を持参して、よく読んでおりました。製材所に木箱や紙包を隠すときは、冨山房の『国民百科辞典』を持参して、「これを見てつくるのだ」と、赤い線を引いた部分を示しております。それで私が、「こんなものを見ただけで容易につくれるのか」とたずねたら、「昨年の天長節の夜に、試しにつくった一個を裏山で投げつけたら、大音響がした」と申しました。

なお、薬品の出所などを、それとなく聞いたところ、「ある方法で調達した」と答えて、どこから入手したかについては、言葉をにごしております。

明治四十三年五月二十六日午前六時二十五分、長野地裁検事局の三家重三郎検事正は、五月二十五日付の「清水太市郎の供述調書」をはじめ、関係書類をたずさえると、長野駅から東京へ向かった。

五月二十五日朝方、松本警察署長から相談を受けたとき、「あくまでも表向きは、爆発物取締罰則違反として、慎重に取り扱ってもらいたい」と指示した。しかし、捜査が進むにつれ、事態は急展開しており、刑法第七十三条〔皇室ニ対スル罪〕の嫌疑が、きわめて濃厚になってきた。そのため三家検事正は、大審院検事局の松室致検事総長に面談して、指揮を仰ぐことにしたのである。

しかし、五月二十六日の早朝に長野駅を出発しても、大審院のある東京・日比谷に到着するのは、午後八時ころになりそうだった。深夜もしくは翌日の早朝に緊急会議をひらき、〔皇室ニ対スル罪〕を適用する方針が決定したときは、五月二十七日朝、大審院の検事が東京から長野へ向かい、その日の夜からでも、捜査に着手することになる。

明治四十三年五月二十六日付で、湯河原温泉の旅館「天野屋」に逗留中の幸徳秋水は、信州の新村忠雄へ、手紙を書いた。その前日に、新村が屋代町で逮捕されていることを、むろん幸徳は知らない。

《君が東京を去ったあとで、公安の刑事たちが、田岡嶺雲《れいうん》（幸徳秋水の友人の作家）の家に来て、しきりに君の行方を探っていたそうだ。彼らは君が謄写版を持っていることを知っていたから、爆裂弾を持って姿を消したという流説も、たぶん謄写版とか蒟蒻《こんにやく》版とかを、電話や電信などで言い継ぐあいだに、聞き違えたり思い違えたりして、地方の警察に入るとき、こんな大げさな話になったのだろう。滑稽じゃないか》

五月十八日、新村忠雄は、管野スガの入獄を見送ったあと、新宿駅から幸徳秋水宛に、「ゴゴージハイッタ、ニイムラ」と電報を打った。そのあと、大久保に住む田岡嶺雲方へ行き、預けていた平民社の謄写版を受け取り、古河力作が住み込んでいる康楽園に立ち寄って、一泊している。古河の部屋で、新村はガリ版に向かい、「幽月女史は四百円の罰金を科せられ、換刑で本日入獄しました。肋膜がたいへん悪く、寝たままでいた女史が、百日間よく身体が続くかどうか、すこぶる不安でなりません」と、各地の同志へ通信文を書いた。五月十九日午前中に発送し、ふたたび千駄ヶ谷の増田謹三郎方へ行って一泊した新村は、五月二十日、警視庁の警察官から身体検査を受けて、このときの所持品が、書籍一冊、ガラス鏡一個、クシ一個、ポマード一鑵であることを確認されている。

そのあと田岡嶺雲が、定宿にしている湯河原温泉の天野屋へ行き、自分のところへ刑事が聞き込みにきたことを話した。幸徳秋水としては、からかい気味に手紙を書いたのだが、屋代郵便局に届いたところで、警察に押収された。

おなじ五月二十六日付で、東京府北豊島郡滝野川村にいる古河力作は、新村忠雄宛に手紙を書いた。

《秋季の開業について、必要があるから、中身は要らないが、殻だけ二、三個送ってくれませんか。大いに腕をみがいておきたいので、是非ともお願いします。開店はなるべく盛大にやりたいから、いい店員がいたら、あっせんしてください。一人でも多いほうがいいかと思う。一

攫万金だ。月さんについでがあったら、よろしくご伝言を頼みます。小児の健康診断はいかがですか。しっかりお願いします》

明治四十三年一月一日、千駄ヶ谷の平民社で、屠蘇を飲んだ四人（幸徳秋水、管野スガ、宮下太吉、新村忠雄）が、八畳間で小鑵二個を投げてみたことを、一月二日に訪ねた古河力作が聞いて、とても残念がった。そのため、ブリキ小鑵をいくつか送ってもらいたいと、暗号めいた文面にしたのである。「小児の健康診断」とは、爆裂弾が完成したかどうかを問うもので、この手紙もまた、屋代警察署に押収された。

明治四十三年五月二十七日午前六時から、司法省で緊急会議がひらかれ、出席者は、司法次官の河村謙三郎、大審院検事総長の松室致《いたす》、東京控訴院検事長の河村善益《よします》、司法省刑事局長の平沼騏一郎《きいちろう》、長野地裁検事正の三家重三郎の五人である。司法大臣の岡部長職《ながもと》は、九州出張で裁判所巡りをしているから、事後承諾を受けることにした。

この会議で、松室検事総長が、捜査の方針を示した。

「まず、爆発物取締罰則違反で、しっかりした証拠をあつめ、被疑者の供述を引き出さねばならない。そのうえで、刑法第七十三条を適用すべきかどうかを、慎重に判断することになる。さしあたって、東京地裁検事局の小原直《おばらなおし》に、長野地裁検事局の事務取扱を命じ、ただちに派遣することにする」

こうして午前八時四十分発の列車で、三家検事正と小原検事の二人が、長野へ向かったのである。

五月二十七日午前五時十分、松本警察署の徳永勲警部補と、小野寺藤彦巡査は、署長の命令により、松本駅発の列車で、東京へ向かった。

五月二十五日、明科製材所の汽罐場から発見された木箱の中にあった紙片に、「万一、僕に変わった事のあったときは、古河力作に郵送してくれ」と、住所が記載されていた。宮下太吉の下宿から押収した日記に、古河力作の名前が記されており、ハガキも何通か保存してあった。爆裂弾の製造について、宮下と古河が共謀した疑いがあるから、東京郊外の康楽園へ急行し、事情聴取したうえで逮捕すべく、拘引状を用意している。

五月二十七日午後三時三十分、長野地裁松本支部検事局は、松本警察署の留置場から、宮下太吉、新村忠雄、新村善兵衛の三人の身柄を、長野監獄松本分監へ移した。

宮下太吉は、五月二十五日夕方、明科から松本へ護送されたあと、警察署の取調室で、「なにも言うことはない」と、黙秘を続けていた。五月二十日の下宿における事情聴取で、「新田融につくらせたブリキ小罐は十個」と言い張っていたが、製材所の捜索で二十一個出たことについては、「おれの勘違いだったかもしれない」と、明科駐在所であっさり認めている。しかし、薬研を借りて鶏冠石を磨砕したことや、爆裂弾をつくったことについては、「身に覚えがない」と否認した。古河力作との交友関係は、「文通するだけで、一度も会ったことがない」と答えて、あとは「なにも言うことはない」と突っぱねている。

新村忠雄は、五月二十五日夜に留置場に入れられ、二十六日朝からの取り調べにたいし、「宮下太吉に頼まれて、西村八重治から薬研を借りたのは事実だが、使用する目的は、花火の製造と聞いていた」と弁明し、それ以上のことは、「なにも知らない」の一点張りだった。

新村善兵衛は、五月二十六日午前中に収監されてから、薬研についての取り調べには、「弟はなんと言っているか」と、しきりに新村忠雄のことを気にして、多くを語ろうとしない。

長野監獄松本分監は、松本城のすぐ西側にあって、お堀に面している。ここに三人の身柄を移し、翌二十八日には、長野監獄へ護送する方針だから、さしあたって取り調べはなかった。

五月二十八日午前八時、松本警察署の江幡三代治巡査部長と、伊藤亀尾巡査は、署長の命令で松本駅を出発して、秋田市へ向かった。製材所の職工だった新田融は、五月十九日夕方の事情聴取で、重要な供述をしている。

(1)明治四十二年十月下旬、宮下太吉は、どこからか薬研を持参し、自分の借家の一室で、赤色の薬品を粉末にして、「すこぶる危険なものだ」と言った。

(2)明治四十三年四月二十三日ころ、宮下に頼まれて、ブリキの小鑵をつくり、二十四個を渡した。

その事情聴取は、明科の料理店で酒食をもてなしながら、雑談風になされたから、供述調書は作成していない。新田本人に「後日あらためて聴取する」と伝えておいたのに、新田は五月二十日朝の列車で、妻の実家のある秋田市へ、家族四人で逃げるように立ち去った。爆発物取締罰則違反では、共犯の嫌疑が濃厚だから、拘引状をたずさえて、篠ノ井線—信越線—羽越線を乗り継ぎ、秋田へ向かったのである。

五月二十八日午前八時四十八分、松本警察署の青木健次郎警部補と、中村鉄二郎巡査は、署長の命令により、松本駅を出発して、湯河原へ向かった。

五月二十七日付「時事新報」が、「長野県下で社会主義者が爆弾を製造して捕縛」との見出しで報じている。

《東筑摩郡中川手村字明科にある長野大林区署管轄の明科製材所へ、三名の社会主義者が職工となってまぎれこんでいた。由々しき陰謀をくわだて、ひそかに爆弾を製造しつつあることを、早くもその筋の探知するところとなり、五月二十五日から松本警察の手に捕らえられたが、事件はいっさい秘密にされ、裁判所・警察部は密議をこらしつつある。なお、製材所の西山忠太所長は大いに驚き、二十七日、進退伺いのため長野市へ向けて出発する》

湯河原温泉に逗留中の幸徳秋水が、この記事を読んだとき、逃亡をはかるかもしれない。松本警察署長は、「もはや一刻も猶予すべからず」と判断して、拘引状を持たせて向かわせた。

五月二十八日午後一時すぎ、松本警察署の徳永警部補と、小野寺巡査は、警視庁王子警察署員の協力をえて、北豊島郡滝野川村百十三番地の康楽園に入り、園丁をつとめる古河力作の居室を捜索した。

午前八時ころ、徳永と小野寺は、康楽園に到着している。しかし、地元署の了解を求める必要があり、小野寺を見張りに残して、徳永が王子警察署の分署へ行き、協議をおこなった。すると分署長は、本署へ報告したので、王子署から警視庁へ報告が行ったらしく、応援を派遣するまで時間がかかったのだ。

敷地千八百坪の康楽園は、植木の盆栽や西洋の草花を売る店で、古河力作は、園主の自宅の玄関脇の四畳半を与えられ、家族同様のあつかいを受けている。居室を捜索したところ、社会主義に関する書物は多かったが、爆発物取締罰則違反を疑わせるものは発見できなかった。

大がかりな捜索に立ち会った古河は、身長百四十五センチメートルと小柄で、いたって温和な性格である。捜査陣は拍子抜けしたが、康楽園の近くの「愛人社」に、古河が出入りしているという。

この愛人社は、廃品回収業者の川田倉吉が、底辺労働者たちに知識をもたらすためにつくったもので、新聞や雑誌などの閲覧室をもうけ、だれでも出入りできるようにしている。川田の承諾をえて、家宅捜索をおこなったが、ここでも爆発物取締罰則違反に関連するものは、なにも発見できなかった。
ただし、閲覧室内のノートに、狂歌のようなものが書き込まれていた。

爆弾の飛ぶよと見てし初夢は
　千代田の松の雪折れの音

明治四十三年の勅題は、「新年雪」であった。それをもじったことは明らかで、居合わせた者に聞いたところ、愛人社の新年会に、幸徳秋水がハガキに書いて送った一首という。川田倉吉は「記憶にない」と答えたが、ハガキの現物が発見された。

松本警察署長は、長野地裁松本支部の判事から、古河力作の拘引状の発付を受けている。とはいえ、逮捕する嫌疑はないに等しく、任意同行を求めたところ、古河は素直に応じたので、午後十時十四分発の列車に乗せて、王子駅から松本駅へ向かった。

五月二十九日午前八時から、長野地裁の検事局において、宮下太吉は、初めて供述調書の作成に応じた。

その前日、長野監獄松本分監から松本駅へ送られるとき、「やっぱり東京へ行くのか」と笑った。本人は初めから、刑法第七十三条が適用されるものと思い込み、「田舎の検事に話してもはじまらん」とうそぶいていた。しかし、長野監獄に収監され、「東京送りになるとはかぎらない」と聞かされて、動揺した様子だった。本人は、爆発物取締罰則違反で処罰されることが不満なのだ。しかし、東京地裁検事局から、小原直検事が派遣されている。東京の検事が、長野の検事の取り調べに立ち会うと知らされ、話す気になったようだ。

こうして、長野地裁検事局の次席検事・和田良平、同事務取扱検事・小原直による調書が作成された。

【宮下太吉の供述調書】

私は甲府市の小学校を卒業し、独力で機械を研究して、諸所の機械工場におりました。社会主義者になったのは、明治四十年一月ころ日刊「平民新聞」を購読してからで、そのあと社会主義、無政府主義に関する日本語の書物は、ほとんど読み尽くし、もっとも熱心な無政府主義者になりました。

無政府主義者は、主権者の存在を否定しております。明治四十一年六月、神田錦輝館の「赤旗事件」のため、われわれの同志が入獄しました。その記念として、内山愚童が『入獄記念／無政府共産』と題する小冊子をつくり、同年十一月に読んだ私は、深くその意見に賛同し、諸所に配ったのですが、たいていの人は「あまりにも過激だ」と、賛成しませんでした。

そこで私は、尋常な手段ではわれわれの主義の伝道が困難だから、わが国の元首である天皇を斃《たお》し、生き神と思われている天皇も、ふつうの人間とおなじ血の出るものであることを知らせ、国民の迷信を打ち破るため、機会があったら爆裂弾で、天皇をやっつける決心をしたのです。

さっそく爆裂弾の製法の研究をはじめ、手元にあった『国民百科辞典』を調べ、塩素酸カリ、鶏冠石、綿火薬の部分を読みましたが、それだけではよくわかりません。幸い亀崎地方は花火の製造が盛んなところで、亀崎鉄工所の職工をしている徳重という男に製法を聞きましたが、なかなか教えてくれず、明治四十二年四、五月ころになって、ようやく「流星」という花火の製法を教えてくれました。

その花火のことは、必要がないので忘れましたが、爆裂弾の薬品は、塩素酸カリ十にたいし、鶏冠石五であることを知り、百科辞典の塩素酸カリの部分に「10」、鶏冠石の部分に「5」と、私が記入しました。

こうして製法がわかり、薬品を入手しようとしましたが、なかなか都合がつかず、明治四十二年七月ころ、三河国碧海郡高浜村の機械製造業・内藤与一郎に、「自分は地金から鋼鉄をつくる方法を発明したが、鶏冠石が必要だから、君が購入してくれ」と一円を送り、二ポンドを入手したのです。

そのあと、塩素酸カリも染色用として買い入れました。明治四十二年九月ころ、新村忠雄が明科へきたとき、「薬研を買ってくれ」と頼むと、「買うのは危険だから借りてやる」と言い、十月になって新村善兵衛が送ってきました。

爆裂弾を製造する計画をはじめてから、自分だけでは実行が困難なので、同志をつくろうと思いました。明治四十二年二月ころ、東京・巣鴨の平民社で幸徳秋水に会い、計画を話して賛成を求めたところ、なんとなく仲間に入ることをためらい、「いずれ将来は、その必要があるかもしれない。また、そのようなことをする人もいるでしょうな」と申しました。幸徳秋水は仲間に入れることはできないと思い、その直後に会った森近運平に話してみたところ、「自分には妻子もいるから仲間になれぬ」と申しました。

明治四十二年四月ころ、私は亀崎から、管野スガに手紙を書き、幸徳や森近に話したとおなじことを伝えたら、「いずれ会って話そう」という返事がきました。同年六月、私が明科へ赴任するとき、東京・千駄ヶ谷の平民社に立ち寄って、管野に会いました。このとき管野は、賛成とも不賛成とも言わず、「新村忠雄と古河力作が革命運動に熱心だから、この二人ならやるだろう」と言っただけでした。そのあと、管野から新村へ手紙でもやったのか、紀州新宮の大石誠之助方にいた新村が、「爆裂弾のことはいずれ話そう」と手紙をよこし、明治四十二年九月、新村が明科へきたのです。

爆裂弾を製造する準備はできましたが、明治四十二年十月ころ、私が借りていた望月仙十方には、階下に小野寺藤彦という巡査がいて具合がわるいので、新田融にすべての計画を打ち明け、同人方で火薬を調合しました。当時の新田は、熱心な社会主義者で、仲間に入ることを承諾し、火薬の調合を傍らで見ておりました。明治四十三年四月ころ、ブリキの小鑵二十四個をつくってくれたくらいで、仲間であることはおわかりだと思います。

明治四十二年十月、いよいよ火薬もできたので、東川手村のブリキ屋に、油差しとともに小罐五個を注文し、一個に爆薬を詰めて、小石二十個を入れて爆裂弾をつくり、効力を試すために、十一月三日の夜、裏山で岩に投げつけてみたところ、非常に大きな音がして、五、六間はなれていた私も、空気の圧迫で倒れそうになりました。残り四個の罐は、試験のときの音があまりにも激しかったので、調べられては困ると思って、製材所の汽罐のなかに入れて燃やしました。

明治四十三年二月ころ、新村忠雄が明科へきたとき、「爆裂弾は試験の結果、たしかに効力があるから、秋の天長節の観兵式に天皇が行幸するとき、道路で馬車に投げつけよう」と相談しました。すると新村は、「観兵式のときは警戒が厳重だから、なるべくほかの日がよい。岡山付近で大演習もあるから、適当な機会に実行しよう」と言い、そのようにきめました。

決行の時期を、今年の秋にしたのは、特別な理由はありません。私は計画を考えつくまでは、酒や女の道楽もしました。しかし、計画を立ててからは、一切の道楽をやめて、すべての収入をつぎ込んでおりましたので、いよいよ準備もできたから、しばらくは本でも読んで静養することにして、決行の時期は秋ということになったのです。実行のうえは、もちろん死を覚悟しておりました。

本年五月八日ころ、ブリキ罐や火薬の全部を、清水太市郎方に預けたのは、私方に置くのは素直に危険だと思ったからです。清水は社会主義者ではありませんが、私の下で働いており、素直に社会主義の話に耳を傾け、非常に親密でしたから、計画に引き入れたのです。なお、清水にたいしては、「もし自分に変事があったら、箱のなかにある住所へ、預けたものを送ってくれ」と申しておきました。

本年五月十五日の製材所の記念日に、新村忠雄が遊びにきて、「管野スガが十八日に入獄するので見送りに行くから、そのとき古河力作と三人で打ち合わせておく」と申しました。管野は私にしばしば手紙をよこし、われわれの計画に賛成しているようでした。私と新村のあいだでは、決行のときは管野を合図役にしようと、相談しておりました。入獄することは、前からわかっていたので、決行は管野が出獄してからということにしたのです。

古河力作とは、一度も会ったことはありませんが、名前は聞いて知っております。明治四十二年九月に新村と相談したときに、新村が「古河を仲間に入れよう」と言い、私は新村に一任しました。私は古河と、直接の相談をしたことはありませんが、新村から話しているものと、信じていました。

新村善兵衛は、社会主義者ではなく、こんどの計画については、私と新村忠雄が、兄の善兵衛に秘密で相談しています。薬研の用途についても、新村善兵衛は、なにも知らずに送ってきたのです。弟の忠雄は、この計画を決行するため、兄の善兵衛には「洋行する」とウソをついていました。

なお私は、秋の観兵式に、天皇の御馬車の通行の道順を、東京地図に赤い線で書き入れたものを、清水太市郎方へ預けております。

この供述によれば、宮下太吉は、天皇に爆裂弾を投げつける計画を、幸徳秋水に打ち明けている。そのとき幸徳が、あいまいな応答をしたので、仲間に入れることはできぬと思ったというが、妻の管野スガは、積極的なようである。いずれにしても、大逆事件に発展することは、間違いなさそうだった。

東京地裁検事局の小原直は、長野地裁検事局の和田良平と話し合ったうえで、次の結論に達した。

「幸徳秋水を、爆発物取締罰則違反で、松本警察署へ拘引する必要はない。いずれ大審院検事局が、逮捕・勾留することになるだろうから、神奈川県に派遣した警察官は、急遽、呼び戻すべきである」

五月二十八日午前八時四十八分発の列車で、青木健次郎警部補と、中村鉄二郎巡査は、松本から湯河原へ向かっている。五月二十九日午前十時三十分ころ、二人が小田原警察署へあいさつに出向いたところ、「幸徳秋水の拘引を見合せるべし」と、小山甚平警部の訓電が届いており、空しく神奈川県から引き返し、五月三十日午後六時すぎ、松本警察署に戻った。

五月二十九日午後一時から、長野地裁の検事局で、新村忠雄は、初めて供述調書の作成に応じた。取り調べにあたったのは、和田良平、小原直の両検事である。

【新村忠雄の供述調書】

私は明治三十六年十一月から、週刊「平民新聞」を購読し、自然に社会主義に接近しました。社会主義者と往来をはじめたのは、明治三十八年秋ころからです。

明治四十年八月、東京でひらかれた社会主義夏期講習会に出席し、それから深く社会主義の研究をはじめました。私の主張は無政府主義で、貧富の格差や階級を打破するのが目的であり、当然ながら、治者と被治者の関係を否定します。

明治四十二年二月五日、上京して巣鴨の平民社に幸徳秋水を訪ね、三月二十九日まで平民社におりました。それから紀州新宮の大石誠之助方へ行き、病院の薬局を手伝っております。

同年八月二十日、ふたたび上京して、千駄ヶ谷へ移転していた平民社に滞在しましたが、明治四十三年二月五日に信州へ帰省し、現在にいたっております。

私が平民社にいたとき、幸徳秋水と管野スガは病気でしたから、その看病をしておりましたので、べつだん社会主義に関して仕事をしていたわけではありません。幸徳秋水と懇意になったのは、明治四十年四月、東京勧業博覧会の見学に上京したとき、平民社を訪ねたからです。

管野スガとは、明治四十二年三月に平民社で会ってから、親しくなりました。

宮下太吉とは、同年二月ころ、同人が平民社へきたとき知り合い、それ以降、親密にしております。

古河力作とは、同年九月ころ、平民社で初めて会ってから、懇意になりました。

兄の新村善兵衛は、社会主義者ではありません。金遣いが荒くて、よく酒を飲むので、社会主義者にしようと思い、主義について話したり、手紙にも書きましたが、私の主義が危険だから早く帰宅しろと言ったほどで、まったく賛成しておりません。

同年九月、私が屋代へ帰ったとき、明科の宮下太吉のところへ遊びに行ったら、「爆発物をつくるから薬研を都合してくれ」とのことでした。私が帰宅して、医者の娘の西村八重治のところへ借りに行くと、「いま他へ貸してある」と言うので、作男の柿崎嘉六に、「西村から借りて家に届けてくれ」と依頼し、私は東京へ行きました。

しかし、兄の善兵衛には、薬研のことを話しておらず、上京後に手紙で、「届いたら宮下という人に送ってくれ」と頼み、明科の住所を書きました。そのあと宮下から手紙が届き、「薬研が届いた」とあったので、兄が送ったことを知りました。

明治四十三年二月六日、宮下太吉方へ行き二泊したとき、爆発物について打ち明けられ、「この秋に実行しよう」と相談しました。このときは、「官庁や警視庁を破壊し、従来の恨みを晴らそう。そうすれば群集心理の作用で、一種の暴動がおきるかもしれない」というくらいのことで、それから先のことは考えておりません。

三月末、宮下方へ行ったとき、「なるべく多くの同志をあつめよう」と相談して、私から「古河を同志にくわえよう」と言いました。宮下は古河の名前は知っていても、直接会ったことはなかったのです。

五月十四日、明科製材所の記念祭に遊びに行き、宮下方で二泊しました。そのとき宮下は、「爆裂弾は清水太市郎方に預けている」と話しました。私は「管野スガが入獄するから、カネの都合がついたら東京へ行き、古河にも会って相談する」と言って別れました。

五月十六日、宮下方から帰宅すると、その日は坂城町の義兄・柳沢清之助方に一泊して、翌日に上京しました。そのとき古河を訪問し、宮下と話した内容を告げたところ、私たちと行動をともにすることを承諾しました。

東京では、古河に話したほかに、だれにも話しておりません。管野スガの入獄を見送った前後に、増田謹三郎方に二泊しましたが、管野には宮下の計画について、一切話しておりません。管野スガは、肋膜炎と脳病で、非常に弱っておりましたから、とてもこのような計画を、実行することはできないのです。

幸徳秋水にも、むろん相談したことはありません。

私と宮下太吉のあいだには、すでに申し上げたように、この秋に警視庁などへの実行を計画しただけで、天皇がご通行の際に危害をくわえる相談などは、決して致しておりません。宮下がそのように申しても、私はそんな話を知らないのです。

私の考えでは、主権者を否定しますが、それは国民一般が自覚して、思想のうえで自然に考えが変わらねばなりません。凶暴な手段で、一人や二人の主権者を薨してみても、一般の思想が進まなければ、かえって反発され、思想の伝播の妨げになるでしょう。そう信じておりますから、私一個としては、凶暴の行為を元首にくわえるようなことを、まったく考えておりません。

五月二十九日午後四時から、長野地裁の検事局で、小原直と和田良平の両検事によって、古河力作にたいする取り調べがおこなわれた。

午前八時五十分、松本駅に到着した古河は、松本警察署で、爆発物取締罰則違反の準現行犯として、午前十時に逮捕され、長野市へ護送されたのである。

【古河力作の供述調書】

私は、明治三十八年末ころから、社会主義者の機関誌「光」を購読し、また、社会主義の雑誌なども読んで、明治四十年ころから、社会主義を信奉するようになりました。

明治四十一年八月ころ、東京・柏木の幸徳秋水方を、初めて訪問して、その後もいろんな社会主義者を訪問し、互いに研究しました。

明治四十二年九月ころ、新村忠雄と、巣鴨の平民社で初めて会って、それから懇意にして文通し、私方へも二、三回来たことがあります。しかし、昨年中は主義上の話をしただけで、爆裂弾のことなどは、聞いたことがありません。

明治四十三年一月二日、私が平民社へ行ったとき、新村が別室へ呼んで、「宮下太吉が爆発物の研究をしている」と申しましたが、それだけの話で、ほかはなにも申しませんでした。

五月十八日夜、新村が私方へ来て、「宮下のほうで爆弾ができたから、われわれ社会主義者に迫害をくわえ、平民にたいして虐政をおこなう者に、今秋を期して投げつける相談ができている」と申しましたから、「それなら自分も仲間にくわわろう」と、私は進んで申し出ました。

そのときは具体的に、だれを目的にするという話はありませんでしたが、私は常日頃から、元老、政府の大臣、警視総監、検事総長などを、われわれ同志の迫害者だと思っております。その日に新村は、警視庁に爆裂弾を投げつけるということを、とくに言わなかったと思います。

私の主義では、階級を打破し、治者・被治者の関係を否定するのだから、主権者の存在も認めておりません。しかし、今日の一般思想では、元首を尊重しておりますから、ただちに元首を亡くすようなことは、かえって同志が迫害を受けます。私個人としては、元首に凶暴な行為をするということを、まったく考えておりません。

新村は私に、元首にたいしてどうしようなどと申しておらず、そういう相談を受けたとしても、私は賛成しません。また、私は新村と約束をしましたが、その後、だれにも計画について、賛成を求めたことはありません。

五月十八日夜、新村と話したとき、「爆裂弾のことを幸徳秋水にも相談したか」と聞いたところ、新村は「幸徳には話していない」と答えました。私自身も、「幸徳をこのような計画に引き入れてはいけない」と思っております。

（このとき古河力作に、五月二十六日付で北豊島郡滝野川で投函した新村忠雄宛の封書を示したところ、次のように説明した）

これは私が、新村忠雄に出した手紙であります。文中の「秋季の開業」から「一攫万金」とあるところまでは、こんどの爆裂弾計画のことを書いたもので、「中身は要らないが、殻だけ二、三個送ってくれませんか」と言ってやったのです。私のほうで火薬をつくっているわけではありませんが、鑵の大きさなどを見て、投げつける練習をするつもりだったのです。

文中に、「小児の健康診断はいかがですか」とあるのは、爆裂弾の具合はどうかと聞いたもので、「月さんについでがあったら宜しく」と伝言をしたのは、幽月こと管野スガが獄中にいるので、新村が手紙を出すとき宜しく、と頼んだのであります。

宮下太吉、新村忠雄、古河力作の三人の取り調べで、「わが国の元首である天皇を薨し、生き神と思われている天皇も、ふつうの人間とおなじ血の出るものであることを知らせ、国民の迷信を打ち破るため、機会があったら爆裂弾で、天皇をやっつける決心をしたのです」と、ハッキリ供述したのは、宮下だけである。新村忠雄は、「この秋に実行しよう」と、宮下と相談したのは、「官庁や警視庁を破壊し、従来の恨みを晴らそう。そうすれば群集心理の作用で、一種の暴動がおきるかもしれない」と述べ、大逆罪を否認している。

東京から派遣された小原直検事は、新村忠雄を、徹底的に追及すべきだとした。住居は埴科郡屋代町だが、東京の平民社に入り浸って、明科の宮下太吉と連絡を密にしており、信州グループと東京グループのパイプ役とみられる。

「新村を攻めれば、首魁《しゆかい》である幸徳秋水の関与が、浮かび上がるに違いない。五月三十日の取り調べは、新村一人に集中して、大逆の目的を明らかにすべきである」

この方針を、長野地裁の三家重三郎検事正が認めたので、五月三十日午前八時から取り調べたところ、新村忠雄は、次のように述べた。


【新村忠雄の第二回供述調書】

こんどの爆裂弾計画について、昨二十九日に陳述したことに、いくぶん間違いがありましたから、あらためて陳述いたします。爆裂弾をつくった目的が、天皇を薨すところにあるのに、「警視庁を襲撃する」と申したのは、まったくの偽りであります。

私が最初に、宮下太吉が爆裂弾をつくっていることを知ったのは、明治四十二年七月ころ、紀州新宮の大石誠之助方にいたとき、「〇〇を製造して主義のために死ぬ」と、手紙を書いてきたからです。具体的な目的は、書いてなかったと思いますが、そのとき私は「とにかく会って相談しよう」と、宮下に返事を書きました。

管野スガは、この計画について、新宮の私へ手紙で書いてきたことなどはなく、じかに管野の口から、話を聞いたこともありません。

明治四十二年九月、私が明科へ行くと宮下は、「自分たちの目的を達するには、爆裂弾をつくって元首を斃す必要がある。爆弾の原料も買い入れて、製法もわかったから、一緒にやろうではないか」と申したのです。私も多少の考えはありましたが同意し、薬研の話になりました。そのとき宮下は、爆薬の製法についても話し、『国民百科辞典』を出して、赤線を引いた部分を私に見せ、「塩素酸カリ十、鶏冠石五の割合でできる」と申しておりました。

明治四十三年二月六日、宮下方へ行き、昨日に陳述したように、「この秋に実行しよう」と相談しましたが、目的は警視庁ではなく元首であり、時期について宮下は、「十一月三日の天長節の観兵式に御行幸になるとき、馬車に投げつけよう」と言いました。しかし、私は「観兵式の日は警戒が厳重だから、ほかの日を選んでやろう。とにかく秋に決行しよう」と言い、そのようにきまりました。

実行は、宮下太吉、古河力作、私の三人でやろうとのことでしたが、私は宮下と二人でもよいと申しました。

管野スガを計画にくわえて、合図役にするというようなことは、宮下と話したこともなく、私から管野に話したこともありません。宮下が管野に、直接交渉したことがあるかどうか、私は知りません。

五月十四日、私が宮下方へ行き、「管野スガの見送りに東京へ行くから、古河力作ともよく打ち合わせる」と申して、五月十八日に古河を訪ね、「爆裂弾は十分に有効であるから、この秋いよいよ元首にたいする計画を実行しよう」と、相談をしたのであります。

この上京のときも、管野スガには、計画について話しておりません。

明治四十三年五月三十一日付で、松室致検事総長は、長野地裁検事局が立件した爆発物取締罰則違反事件を、〔皇室ニ対スル罪〕として、大審院へ送致させる意向である。

五月二十九日の取り調べのときに、宮下太吉は、「秋の観兵式に、天皇の御馬車の通行の道順を、東京地図に赤い線で書き入れたものを、清水太市郎方へ預けております」と述べた。五月三十日、松本警察署の小山甚平警部が、長屋の清水方を捜索したところ、閑院宮《かんいんのみや》殿下の写真を飾った額縁の裏に、「東京方角一覧地図」と「東京全図」が隠してあった。

この地図は、明治四十一年二月二十七日、宮下太吉の母親が東京市下谷区で病死したとき、葬儀のため上京して購入したという。四十二年十月下旬、明科製材所にいた宮下は、新聞に観兵式の巡幸順路が掲載されているのを見て、「東京全図」に、宮城正門―桜田門―赤坂表町―青山練兵場のコース沿いに、赤い線を引いておいた。赤い線だけではなく、青い線と二重になったところもあり、赤い線は警察官が警備するところ、赤と青の二重の線は警察官と憲兵の双方が警備するところだから、「用意周到な計画だ」と、長野地裁検事局は騒然となった。

宮下の自白にもとづき、線を引いた地図が発見されたことは、「真犯人しか知りえない秘密の暴露」として、証拠価値が高い。

五月三十一日午前中に、小原直検事と和田良平検事は、宮下太吉と、新村忠雄の二人を取り調べた。

【宮下太吉の第二回供述調書】

前回の取り調べで、清水太市郎との関係についての陳述は、いくぶん間違いがあります。なにぶん疲れており、つい間違ったことを申しましたが、清水はこの計画に、まったく関係がないのです。警察にわかりかけてから、「仲間になれ」と勧めたのも変な話で、べつに深い考えはなかったのです。

新田融は、計画にまったく賛成しておりました。新田方で火薬をこしらえ、ブリキ鑵をつくってもらったばかりでなく、「爆裂弾で天皇に害をくわえる」と話し、新田も「仲間になる」と承諾して、「秘密のことはすべて自分に話してくれ」と申しておりました。製材所を解雇され、妻子もありますから、決心を翻《ひるがえ》したかどうかはわかりません。しかし、私は実行のとき、仲間にするつもりでおりました。

もっとも、前回にも申しましたように、私、新村忠雄、管野スガ、古河力作の四人は、仲間として確定していましたが、新田融については、仲間であるとまでは思っておりません。

古河力作が、計画の目的が天皇であることを、知らぬはずはありません。古河は、身体は小さいが大胆な男で、以前にも「桂太郎をやっつける」と言って、なにか計画したことがあるそうです。

私が最初に、元首を斃す計画を話して賛成を求めたのは、幸徳秋水であり、次に森近運平でしたが、この二人には、いずれも撥ねつけられました。

管野スガが、この計画に関係のあることは、前回申したとおりで、相違ありません。明治四十二年六月、私が明科へ来るとき管野に会ったら、「一緒にやろう」とまでは申しませんが、計画には賛成し、新村忠雄と古河力作を紹介してくれたのです。

そのあと今日まで、私は管野に会っていませんが、手紙はたびたび往復し、賛成のように申してきました。しかし、管野の意思はやや不明であり、「幸徳秋水の文筆活動を助けてやらねばならぬ」と、固く私どもの仲間になるとは申しておりませんでした。それで私と新村は、「管野の意思がどうも鈍いようだから、もっと強く言ってやろう」と相談し、新村も「手紙に書く」と申しておりました。

本年二月、新村と具体的に相談をしたあと、私から管野に、「この秋に実行する」と手紙を書きました。管野から返事はありましたが、ハッキリ同意とも言わず、なんとなくあいまいなようでした。新村も、「どうも管野は鈍いようだ」と申しておりました。私は「あるいは幸徳秋水が止めているのではないか」と思っておりました。

管野を実行のとき、合図役にするということは、私と新村で話し合ったことで、新村が管野の入獄を見送りに上京して、万事を打ち合わせておくと、きめておいたのです。

こんどの計画については、これまで申したことが事実です。同志も右に申したほかは、まったくありません。この計画の実行には、むやみに多くの人を入れるのは危険ですから、四人（私、新村忠雄、管野スガ、古河力作）で十分であります。ほかに仲間など、決してありません。

【新村忠雄の第三回供述調書】

こんどの計画について、管野スガのことを、無関係のように申しましたが、じつは関係しております。

最初は宮下が、管野に計画を打ち明け、賛成を求めたものと思います。紀州新宮にいる私に計画を知らせたのは、宮下自身で、管野から言ってきたのではありません。

明治四十二年九月、私が明科へ行き、親しく宮下の計画を聞いて、賛成しました。それから上京し、管野を看病しましたが、本年二月に信州へ帰郷するまで、私が宮下の計画を管野に話したかどうかは、記憶がありません。

本年二月に帰郷し、明科で宮下と会い、「いよいよ今秋に計画を実行する」と相談したとき、私から管野に話すように、引き受けたと思います。

三月に上京したとき、千駄ヶ谷の平民社で管野に会い、爆裂弾の実験に成功したことなどを話したら、管野は「幸徳秋水の出版計画を助けなければならない」と、ハッキリ私どもの味方になるとは言わなかったので、そのことは宮下に話しておいたはずです。

五月十四、五日に明科へ行き、私から管野と古河力作に話すことにして、「実行のときは管野を合図役にしよう」と、宮下が言っておりました。

五月十七日夜に、千駄ヶ谷の増田謹三郎方へ行き、管野の枕辺で、「宮下の計画が進行しており、実行のときは、あなたを合図役にすることなどを相談した」と言うと、管野は「新聞も発行したいし、小説も書きたいと思っている。とにかく出獄してから、よく考えてみる」と答え、あまり要領をえなかったのです。

私が管野と交渉した次第は、右のとおりであって、宮下が管野と、どんな交渉をしたのか、私は知りません。

古河力作との関係は、これまで申し上げたとおりです。

本年一月初めころ、宮下の計画を話したら、古河も賛成しました。そのとき私は、「爆裂弾をもって元首を斃す」というように話しました。

五月十八日、康楽園へ行って古河に会ったとき、「宮下は計画が進んで、爆薬の試験も結果が有効だと言っているが、昼間の試験ではないから、いくらか疑わしい」と話しておきました。

五月二十六日付で、古河から私によこした手紙に、「小児の健康診断はいかがですか」とあるのは、私が「爆薬の効果が疑わしい」と話したからです。このとき私は、「実行は今秋にするはずだ」と、古河に話しました。目的は元首を薨すことにあると、すでに話してあったから、あらためて言う必要はなかったのです。漠然と、「迫害者または略奪者に爆裂弾を投げる」と言ったのではありません。

こんどの計画については、私と宮下が主として相談し、私から管野と古河に話して仲間に入れようとしただけで、これ以外の者にたいして、私が同志になれと勧めたことは、決してありません。

私は宮下に勧められて、この計画にくわわったのです。もちろん、責任を免れようとは思いません。しかし、宮下の決心は、固いようにも見えましたが、弱いようにも見えるところがあり、私は多少の疑心を抱いたこともありました。

とにかく、私と宮下が相談して、計画が進行していたのであります。

＊　＊　＊

明治四十三年五月三十一日正午すぎ、長野地裁検事正の三家重三郎は、大審院検事総長の松室致宛に、捜査中の事件を、送致する手続きをとった。

送致書

宮下　太吉（機械職工）
新村　忠雄（農業）
新村善兵衛（農業）
管野　スガ（無職）
新田　融（機械職工）
幸徳　秋水（著述業）
古河　力作（草花園丁）

右の七名は、爆発物取締罰則違反事件として、捜査をおこなったところ、本件は刑法第七十三条に該当する犯罪であり、裁判所構成法によって、貴庁の管轄に属するものと認められるので、刑事訴訟法にしたがい、別紙の目録どおりの訴訟記録ならびに証拠物件を相添えて、本件を送致いたします。

明治四十三年五月三十一日

長野地方裁判所検事正　三家重三郎

大審院検事総長　松室　致殿

刑法第七十三条〔皇室ニ対スル罪〕の被疑者七人のうち、宮下太吉、新村忠雄、新村善兵衛、古河力作の四人は、すでに勾留中である。新田融は、秋田市から任意同行のかたちで松本市へ向かう途中だった。幸徳秋水は、湯河原温泉の天野屋に逗留しており、小田原警察署の監視下にある。管野スガは、五月十八日から東京監獄で罰金換刑の服役中だった。

この七人の送致を受けて、大審院検事局は、司法省刑事局長の平沼騏一郎に大審院検事を兼任させ、東京地裁検事局の検事正室に捜査本部をもうけた。

五月三十一日付で、検事総長の松室致は、大審院長の横田国臣《くにおみ》にたいして、「幸徳秋水ほか六名は、氏名不詳者数名とともに、明治四十一年ころより、至尊にたいして危害をくわえんとの陰謀をなし、かつ、その実行の用に供するため爆裂弾を製造し、もって、陰謀実行の予備をなしたるものとす」と、予審の開始を請求した。

予審は、事件を公判に付すべきか否かを決定するための取り調べで、証拠保全をするなど、裁判官が非公開でおこなう手続きであり、予審判事が担当する。しかし、大審院の判事は、ベテラン揃いであっても、このような事件の激務に耐えられない。

大審院長は、東京地裁の潮恒太郎《うしおつねたろう》を大審院兼務にして、予審判事に任命した。さらに東京地裁の河島台蔵、原田鉱の二人も、大審院の予審判事に任命する。

五月三十一日午後十時、予審判事の潮は、湯河原にいる幸徳秋水にたいし、「刑法第七十三条の事件につき、訊問のため当地方裁判所に拘引す」と、令状を発した。

明治四十三年六月一日午前八時ころ、幸徳秋水は、天野屋旅館から人力車で熱海軽便鉄道の門川駅に着いたところを、警察官らに取り囲まれた。この逮捕のために、横浜地裁の太田黒英記検事正、神奈川県の橋本正治警察部長らが、わざわざ出向いている。幸徳秋水としては、管野スガが服役したことでもあり、いつまでも高級旅館に逗留するわけにもいかず、裏長屋にでも入るつもりで、東京へ下見に出かけるところだった。

逮捕された幸徳は、天野屋旅館の家宅捜索が終わるまで門川駅で待たされたあと、トロッコを人力で動かす熱海軽便鉄道で小田原駅へ向かい、東海道線で新橋駅に着いたときは、すでに深夜だった。

六月二日午前二時、東京地裁で潮判事が本人であることをたしかめる人定訊問をして、勾留手続きをとったあと、幸徳秋水は、市ヶ谷の東京監獄に収監された。

六月二日付の「報知新聞」は、「捕縛は宮下太吉ら五人、幸徳秋水も逮捕」との見出し付きで報じた。

《長野県東筑摩郡中川手村の明科製材所の職工長・宮下太吉はじめ、新村忠雄、新田融、古河力作、新村善兵衛の五名は、いずれも社会主義者にて、ある重大事件のため、その筋の手に逮捕された。また、一日、相州湯河原において、幸徳秋水が逮捕された。なお、本件については、各方面より探りえたるところあるも、都合により、いっさい掲載せざることとせり》

同日午後一時から、東京地裁検事局の古賀行倫検事が、最初の取り調べをおこなった。これは予審ではなく、検事による事情聴取である。

【幸徳秋水の供述調書】

宮下太吉が、かねて私と同主義者であることは知っていましたが、明治四十二年二月までは面識もなく、手紙の往復をしたこともありません。

同年二月、私が巣鴨の平民社にいたとき訪問を受けて、初対面の宮下と、いろいろ社会主義などについて話しましたが、具体的にどんなことであったかは、記憶しておりません。宮下という男は、非常に過激な人物でしたから、そのとき過激なことを言ったように思いますが、爆裂弾を使うとか、元首にたいして非常手段をとると申したかは、まったく記憶がありません。

私が管野スガと同棲したのは、同年三月からで、五月ころ夫婦同様になりました。そのころ宮下が、管野に手紙をよこし、右のようなことを申して賛成を求めたかどうか、管野から聞いた記憶もなく、私にはわかりません。

同年六月、宮下が信州の明科製材所へ行くとき、千駄ヶ谷の平民社にきたことがあります。そのあと管野から、「宮下という男は、よほど過激な計画をもっている」と、聞いたことがあります。しかし、具体的なことについては、記憶しておりません。

管野が宮下から、過激な手段の仲間になれと言われて、新村忠雄と古河力作を推薦したかどうかは知りませんが、そのころ管野から、「新村と古河は熱心だが、過激な思想をもっている」と聞いたことはあるように思います。

新村忠雄は、明治四十年ころから知っていますが、宮下と非常手段について相談しているようなことを、聞いておりません。また、新村が私に、仲間になれと勧めたこともありません。

本年三月二十二日、私と管野が、東京を引き払って湯河原へ行くとき、新村が手伝ってくれました。そのあと管野から、「新村と宮下は、いよいよ遠からず、爆裂弾で元首に非常手段をやりそうだ」という話がありました。

そのとき管野は、右二人の仲間になるとか、計画に反対であるとか、ハッキリ言いませんでしたが、その態度から、仲間に入る決心はついていなかったようです。新村から誘われて、仲間になるべきかどうか、私に可否の意見を求めるように、管野が話したのです。それに私が、すぐに返答をしたわけではありません。

当時の私は、生活に困っておりました。友人にも非常に迷惑をかけ、職業につき生活の方法を講じるように言われ、自分も病気であり、戦闘にも疲れて、静養を望んでおりました。それで管野から、右の話があったとき、「当分はふつうの細君になってはどうか」と申し、管野もしばらくは、世話女房になっておりました。

このように、私は管野に「新村、宮下の計画にくわわれ」と言ったことはなく、むしろ管野をくわえないような態度をとったのです。それで管野が、新村や宮下にどんな返答をして、どんな態度をとっていたかは、私にはわかりません。

私は、無政府主義を主張しますが、現行の制度を、ただちに打破しうるとは思いません。人民の思想を自然に改良すべきで、非常手段をもって主権者を斃すという考えはないのです。しかし、他人が過激な思想をもち、非常手段を計画したとき、これを止めるかどうかは、場合によることであって、いちがいには申せません。

古河力作は、前から知っていますが、この計画について、本人から聞いたことはありません。管野からであったか、「古河も新村、宮下の仲間に入った」と、聞いたことはあります。

要するに、非常手段で元首を斃すとかいうことは、社会主義の思想からくるのではなく、迫害のはなはだしいとき、これに対抗して勃発するもので、このような現象はやむをえないと思います。

外国では、社会主義者が、国家元首を暗殺した事実もあり、私は「このようなことは望ましいことではないが、自然の現象でやむをえない。日本であまり迫害が激しいときは、そのような手段をとる者がいるかもしれない」と申しておりました。

宮下太吉にも、そのような話をしたかもしれません。


明治四十三年六月二日午後、おなじ東京監獄の別室では、服役中の管野スガが、東京地裁検事局の武富済《わたる》検事と対峙していた。三十一歳の武富は、明治四十二年七月十五日、発禁の「自由思想」第一号を秘密で発送した管野を逮捕し、罰金四百円を受けさせた主任検事だが、大審院兼務の検事として、取り調べにあたった。

【管野スガの供述調書】

私は、宮下太吉と爆裂弾で、天皇を弑逆しようと謀議したことはありません。いかにおたずねになっても、今日はなにも申しません。貴官には断じて申しません。

明治四十一年六月の「赤旗事件」で、貴官の取り調べを受け、また、昨年夏に「自由思想」の秘密頒布で貴官の起訴を受け、有罪が確定して、その罰金の換刑で、私は服役中であります。貴官は、「自由思想」の事件において、公判の論告は辛辣というか、峻厳というか、私は無念の歯を嚙みしめて、悲憤の涙をしぼりました。

私は未決監にいたとき、憎むべき仇敵の武富検事を殺さずんばやまずと決意し、革命運動をおこすときは、真っ先に貴官に、爆裂弾を投げつけようと思いました。そのときは、法廷での論告が勢い強いように、鮮血が勢いよく迸り出ることでありましょう。

明治四十二年九月に出獄し、貴官を襲う決心は変わらなかったのですが、十月に病気のため卒倒して、発熱がはなはだしかったため、しきりに貴官のことをうわごとのように言ったそうで、「それほど恨んでいるのか」と、笑われたほどでありました。

その後、だれでありましたか、「武富検事は個人としてはそれほど残酷ではない」と言いましたので、多少は反感も収まり、主義のための仕事や、私用もあって多忙のため、貴官を殺す機会がなかったのです。今ここで、爆裂弾でも刃物でも持っていたら、ためらいなく決行します。私ばかりではありません。貴官を恨んでいる者は、何人もいます。獄内での悪評も非常なものです。畳の上でお死にになることができれば、たいへんな幸福です。お母さまがおありだそうだから、身体を大切になさいまし。

私は司法官のなかで、貴官がいちばん憎いです。この仇敵には、何事も申すまい。今回の事件に、私が関係ありとすれば、むろん死刑ものでありますから、十分に覚悟しており、万事を包み隠さず申し上げますが、貴官にだけは申しませぬ。

明治四十三年六月三日付「東京朝日新聞」は、「幸徳秋水の捕縛／変節の暗殺」の見出しで報じた。

《社会主義者の幸徳秋水は、湯河原温泉の天野屋旅館に止宿中、去る一日、突然逮捕されたが、同東京地方裁判所検事より、「犯罪事件に関するいっさいの件」について掲載を禁止された。同人が湯河原に滞在中は、きわめて謹慎の態度なりき。警視庁は同人について、平素その一挙一動に非常の注意をなせるにかかわらず、先ごろ湯河原にきてからは、表面なんらの取り締りもなく、その後、「幸徳は政府に買収された」と同志の憤怒を買い、「変節者をほふれ」と激昂するものあり。暗殺、天誅、爆裂弾などと、不穏の詰責、脅迫さえなすにいたり、警視庁より保護のために巡査を派遣し、湯河原にて身辺を警護させていたが、その後は同志間の誤解も解け

たらしく、当局も警戒を解除していた》

この日、市ヶ谷の東京監獄において、武富済検事に代わって、管野スガを取り調べたのは、信州から帰った小原直検事である。

「いやぁ、昨日はションベン検事が、幽月さんの剣幕に恐れをなして、お叱りの言葉を書き連ねた調書を残し、すごすごと退散したそうですな」

優男の小原が告げると、まなじりを決していた管野が、怪訝な顔つきになった。

「ションベン検事？」

「あの男は愛知県出身で、東京帝大法科で私の三年後輩なんだが、暴れん坊で名が通っている。明治四十一年八月には、芝区のヤキトリ屋の二階から、酔って立ち小便をして、見とがめた巡査が注意すると、謝るどころか粗暴の行為におよんだ。それも宿直中のことだから、不問に付されるはずもない。高等文官懲罰委員会にかけられ、十分の一の減俸処分を受けた。それ以来われわれは、あいつのことを、ションベン検事と呼んでいる」

「アハハハ。あの強面の武富が、ションベン検事とはねぇ。可愛げがあるから、少しは見直してやるか」

管野は相好をくずして、しばらく小原と雑談をしたあと、「昨日の調書にもあるように、十分に覚悟をしているから、万事を包み隠さず申し上げます」と切り出した。

【管野スガの第二回供述調書】

私は、明治四十二年六月に発行した「自由思想」の記事で、秩序紊乱として起訴され、百円および百四十円の罰金に処せられました。さらに、頒布を禁じられたものを発送したというので、新聞紙条例違反で罰金四百円に処せられました。百円は納付済みで、百四十円は分納中ですが、四百円は納めることができないので、本年五月十八日から、労役の換刑に服し、東京監獄に入獄中です。

こんど私が、宮下太吉らと爆裂弾をつくり、非常手段をおこなう相談をしたことについては、発覚した以上は仕方ありませんから、くわしく事実を申し上げます。

私は無政府主義者のなかでも、かなり過激な考えを抱いておりました。明治四十一年六月二十二日、赤旗事件で逮捕されたとき、警察官の暴虐な行為をみて憤慨にたえず、このようなありさまでは、温和な手段では主義の伝道などできないと考え、むしろ暴動もしくは革命をおこして、暗殺などをさかんにやり、人心を覚醒しなければダメだから、釈放されたら、この目的のために活動する考えでありました。

同年八月二十九日、無罪判決で出獄してから、ともに入獄していた人たちを探ってみましたが、婦人たちは懲りてしまい、男子の主義者たちも、平素は暗殺とか言っても、いよいよのとき仲間になりそうな人はいません。それで東京の男はダメだから、田舎の人に探りを入れようと思ったのです。

宮下太吉は、かねて名前は知っていましたが、明治四十二年二月ころ、巣鴨の平民社で、初めて会いました。幸徳秋水から、「なかなかしっかりした男だ」と聞きましたので、「この人ならともに大事をやり通すかもしれぬ」と思いました。そのあと、ときどき手紙を往復して、宮下は献身的にやろうと申しておりましたが、爆裂弾の研究をしているとは、書いてこなかったと思います。

同年六月、三河の亀崎から、信州の明科へ行くとき、宮下太吉が、千駄ヶ谷の平民社へ私を訪ね、「爆裂弾をもって大いにやろう。製造は自分が研究し、武器の供給を引き受ける」と言うので、むろん私は承諾しました。このとき宮下が、「元首を斃す」と言ったかどうかは、記憶がありませんが、そのように話したかもしれません。

私は初めから、もっと大きな計画をもっており、天子はもちろんのこと、多方面にも破壊をくわえたいと考えておりました。宮下は天子だけを目的にしたかもしれませんが、私はもっと多くの者をやっつけようと思い、そのことを話したのです。

これまで私は、たびたび天子の通行を見ましたが、警戒は大したことはなく、「天子一人をやっつけるくらいは、私一人でもお茶の子だ」と、爆裂弾さえ手に入れば、自分だけでやろうと思ったりしました。睦仁という天子は、個人としては人望があり、良い人のように思うので、はなはだお気の毒です。しかし、とかく天子というのは、経済上では略奪の張本人、政治上では諸悪の根源、思想上では迷信の根拠になっているから、このような位置にある人は、斃す必要があると考えていたのです。

昨年六月に宮下と相談したとき、新村忠雄と古河力作の二人を仲間に入れるよう、私が申しました。かねて熱心な社会主義者で、しっかりしているからです。

新村忠雄は、そのころ紀州新宮の大石誠之助方にいたので、あまり具体的にではありませんが、だいたいのことを手紙で伝えて、昨年八月に帰京してから、宮下との計画をくわしく話してやり、新村も賛成しておりました。

本年二月初め、新村は信州へ帰郷しましたが、三月二十二日、私と幸徳が湯河原へ行くとき、わざわざ手伝いにきてくれました。そのとき新村が、「爆裂弾の試験で威力があった」と話したので、私は「なお念のため、もう一度試験するように」と、言ったように思います。新村は決行の時期については、「宮下は天長節と言っているが、この日は警戒が厳重だから、その前後の適当な日を選ぶ。実行のときは、あなたが合図役になったらよい」と申しておりました。

ロシア皇帝のアレクサンドル二世暗殺のとき、ソフィーア・ペローフスカヤという婦人が合図役でしたから、私が合図役がよいという話は、その前からありました。しかし、私は合図役もするが、できることはどんなことでもやろうと思っていました。天長節の前後としたのは、特別な理由はなく、私の出獄後ということで、自然にそうなったのです。

私は湯河原から、宮下への手紙で、「新村の立ち会いのうえで、もう一度試験してくれ」と伝えました。しかし、「時期が悪くできなかった。自分を信じてくれ」とのことで、だいじょうぶと思っていました。

五月十八日に入獄するとき、新村はわざわざ見送りにきてくれました。十七日の夜に、計画について新村からいろいろ話がありましたが、私は「万事は監獄から帰って相談しよう」と申したのです。私は固く決心しており、宮下も新村も確かなようでしたから、相談しておく必要はなかったのです。そのとき新村が、「宮下が爆裂弾を、清水太市郎という人に預けた」と言うので、私は「それは大変だ。秘密が洩れるかもしれないので、さっそく取り戻してほかに隠すようにせよ」と申したのです。それまで私は、清水を仲間に入れる話など、まったく聞いておりませんでした。

古河力作は、昨年六月に宮下に会ったときに、「新村とともに仲間に入れよう」と紹介しました。しかし、そのあと古河に会って、私から勧めたことはありません。いつか新村から、「古河にも話している」と聞いたのは、かなり計画が進んでからのように思います。

五月十八日、新村が私の入獄を見送ったとき、「これから古河に会う」と言いました。どんな話をしたか知りませんが、私は古河と相談したことはなく、宮下と新村だけを、固い同志と思っていました。

幸徳秋水は、私どもの先輩として、敬愛しておりました。明治四十一年六月の赤旗事件の前から、前夫の荒畑寒村とは協議のうえ、夫婦別れをしており、そのころから私と幸徳は、愛し合っておりました。そして四十二年三月から、幸徳方に同居して、仕事を助けているうちに、夫婦同様の生活をするようになったのです。

こんどの爆裂弾事件については、これまで申し述べてきたように、宮下太吉、新村忠雄とは深く相談しましたが、幸徳にはなんら相談しておらず、ほかの者からも、仲間に誘ったことはありません。私は、幸徳の性格を、よく知っております。初めに私が、非常手段を考えたとき、それとなく気を引いてみたところ、そのような気はさらさらなかったのです。幸徳は文筆の人で、これをもって主義の伝道に適しておりますが、過激な手段を実行する人ではありません。よく知る私は、自分の愛している人を著述に専念させ、仕事を完成させたい考えがあり、「自分は主義のために死んでもよいが、幸徳は残しておきたい」と、仲間に入れと勧めなかったのです。

宮下も新村も、「秋水先生はダメだから話さない」と、つねに申しておりました。私は幸徳を庇護するために、ウソを言うのではありません。

幸徳は、昨年の暮れか本年の春ころ、私が活動したがるのを抑え、「家庭をつくって、田舎の母を迎え、平和に暮らそうではないか。土佐中村へ引っ込もうか」と申したこともあります。幸徳は病身でもあり、私が宮下、新村と死を覚悟して計画を実行すれば、幸徳と別れなければならず、私の決心が鈍ったこともありました。そのため新村に会ったときや、手紙のうえなどで、私の決心が弱く響いたことがあったかもしれません。それで新村が、私の決心を試すつもりからか、「宮下が早く実行しようと言っているがどうか?」と申したこともあります。

人間はだれでも、いったん決心したことに、ときには疑問が出たり、心がゆるむことがあります。しかし、これは一時的な現象で、私は決心を翻したことはなく、出獄したらかならず実行しようと、固く決心していたのです。むしろ私は、「宮下や新村の決心が鈍らねばよいが」と、心配したこともあります。

貴官の取り調べにたいし、新村忠雄が、私の決心が鈍かったように陳述しているとすれば、それは友情として、いくぶんでも私の責任を軽くする考えから、さように申したのだと思います。そのことには感謝しますが、私の決心が鈍っていたようなことはありません。

新村善兵衛という人は、名前はかねて知っておりますが、社会主義者ではなく、こんどの計画には、もちろんくわわっておりません。新村忠雄は、「実行のため上京するときは、外国へ行くと兄をだまして出る」と申していたほどです。

以上、申し上げたほかに、計画に関係した人など、まったくありません。このような大事を決行するについては、多くの人に話すのはきわめて危険で、宮下太吉が、軽率にいろいろな人をくわえようとしたのを、私は危険だと申していたのです。

明治四十三年六月三日、和歌山県東牟婁郡新宮町の開業医・大石誠之助は、大審院が派遣した東京地裁検事局の高野平太郎検事から、家宅捜索を受けた。この捜索の目的は、「皇室に関係ありと認められる事柄を記載したすべての文書」で、新村忠雄から大石に宛てた、二通の絵ハガキ（いずれも明治四十二年八月二十一日付）が押収された。
《先生。どうも帰京と決定してからは、淋しくて淋しくて、そして名残惜しくて、たまらなくなりましたよ。これをもって考えると、母親のそばへは、どうしても帰らぬほうが、革命のためによいですね》
《第二信。考えてみると、新宮の四カ月半は、嵐の前の静けさというべきか、進むのを止めることは、出来ませんねぇ。新宮警察とて、今までのように続くとは思えません。ひとえに御注意を願います。戦士はほかに何人もある。疲れたる、己の衰えたる戦士をして、慰め励ます唯一の地を失うことは、もっとも悲しむべきことです。なにとぞ自重してください》
この絵ハガキを示しながら、新宮警察署の取調室で、高野検事は、参考人のドクトル大石から事情聴取した。

【大石誠之助の供述調書】

私は、明治十七年九月、京都同志社英学校の英語普通科に入学して、二年半修業しました。明治二十三年五月、米国のワシントン州の中学でドイツ語、フランス語、ラテン語を学び、明治二十四年九月、オレゴン州立大医学部に編入学して、明治二十八年三月、医学部を卒業し、ドクトルの学位を得ました。

明治二十八年十一月、帰国して内務省より医師免状を受け、新宮町で開業しましたが、明治三十一年一月、インドのボンベイ大学に留学して伝染病を研究し、明治三十四年一月に帰国して、現在にいたっております。

インドにいるとき、初めて社会主義の本を読み、研究をしてきたので、日本全国の社会主義者の主な者は私の名を知り、先方から通信があり、書面を往復しております。幸徳秋水、堺利彦には、面会したことがありますので、交際しています。社会主義者のなかにも、意見の相違や、感情の衝突があります。しかし、私はいずれの派の人々とも、広く交際しています。

新村忠雄は、明治四十二年四月、社会主義者というので、私を頼って来ました。八月まで世話をして、薬局の手伝いなどさせておりましたが、私方にいるときはもちろん、立ち去ってからも、爆裂弾をつくる話などしたこともなく、そのことでの手紙の往復もありません。

新村は若年で、社会主義者の常として、二言目には「暴力の革命が必要だ」と申しておりました。暴力の革命というのは、職工の同盟罷工、または労働者の運動などのとき、警察官と衝突して、暴力を用いるという意味です。私は新村に、「そんなことをやってもダメだ。向こうは法律を執行するのだから、それに暴力を用いて、成功するはずはないだろう」と、言い聞かせておりました。

明治四十二年八月、幸徳秋水から「人手がなくて困るから帰してくれ」と言ってきたので、私方から立ち去りました。八月二十日に、三輪崎港を発ったと思います。

お示しのハガキの文面は、なにか実行することを、新村から打ち明けられているように、読めるかもしれません。しかし、私は新村から、主義の実行について、話を聞いておりません。私の考えるところ、ハガキの趣旨は、それまで私方にいるあいだ、主義についてなんの伝道もせず、比較的楽に暮らしていましたが、東京へ行けば生活にも困るし、あちこちに伝道しなければならぬ、という意味のことを書いたのだと思います。幸徳方で世話になるにしても、貧乏をしているのだから、決して楽ではありません。

宮下太吉には、まだ会ったことはありませんが、年賀状がきたことはあります。

新村忠雄が、爆裂弾に関係しているということは、昨日（六月二日）の午前九時ころ知りました。キリスト教会の沖野岩三郎が、「サンセット新聞」を発行しており、「長野県で爆裂弾事件がおきて、新聞掲載禁止令がきた」というので、それを見に行くと、宮下太吉、新村忠雄、管野スガ、幸徳秋水などの名前があったのです。それで初めて、新村が爆裂弾に関係していることを知りましたが、どういう事件かは、私にはわかりません。

なお、私が当地付近で、社会主義者と交際しているのは、高木顕明《けんみょう》という僧侶と、崎久保誓一という新聞記者くらいのものです。

明治四十三年六月四日付「東京朝日新聞」は、「無政府党の陰謀」との見出しで報じた。

《この事件について、昨日、東京地方裁判所の小林芳郎検事正は、「今回の陰謀は、じつに恐るべきものであるが、関係者は七人のみに限られたもので、ほかに一切、連累者のない事件であると、私は確信している。事件の内容や、その目的は、まだ発表することはできないが、ただ、無政府主義者の男四人と女一人が爆発物を製造し、過激な行動をおこそうとしたことが発覚した。右の五人と、連累者の二人が起訴されたことを、本日、警視庁を通じ発表した」と語った》

その一方で、おなじ紙面に「当局筋談」が載っている。

《日本における社会主義者のなかで、はっきり無政府党と目すべきものは、約五百人に達している。これらのものは、ごく一部を除くと、いずれも遊食の徒であり、階級打破、財産平等を叫び、ややもすれば、今回のような陰謀をくわだて、その機に乗ずべき隙をうかがっている。当局は、一人の無政府主義者もなきことを、世界に誇るにいたるまで、あくまでも撲滅を期する方針である》

明治四十三年六月五日、松室致検事総長は、横田国臣大審院長に、「紀州新宮の医師・大石誠之助は、幸徳秋水ら七名の共犯者につき、予審に付せられたし」と請求した。六月三日の家宅捜索で押収したハガキの文面は、新村忠雄とドクトル大石が、爆裂弾製造で共謀したことを濃厚に疑わしめる、と判断したからである。

予審判事の潮恒太郎は、ただちに新宮区裁判所（簡易裁判所）の判事に、「大石誠之助に、刑法第七十三条の罪で拘引状を発して、東京地方裁判所へ送致されたし」と、電報で委嘱した。

六月五日午後十一時三十分、新宮区裁判所が拘引状を発付し、逮捕された大石誠之助は、六日早朝に三輪崎港から護送され、名古屋から東海道線で東京へ向かい、七日午後十一時すぎ、東京監獄に収監された。

六月八日午前九時から、東京地裁検事局において、武富済検事が、大石誠之助の取り調べをおこなった。

【大石誠之助の第二回供述調書】

私の主義の理想とするところは、人類同胞平等を基本とし、したがって、無政府主義というのが、究極の理想となります。恋愛についても、自由恋愛であります。ただし、忠君愛国の思想を否定するものではなく、虚無党の破壊主義ではありません。

新村忠雄には、明治四十一年十一月ころ、平民社で一度会ったことがあります。四十二年三月ころ、幸徳秋水から、「平民社で用がなくなり、行き先もなく生活に困っているので、薬局生に使ってくれ」と言われ、私方へ呼んだのです。

新村は過激論者で、いつも大言壮語しておりましたが、「オヤジ（天皇）が邪魔だからやっつける」と申したこともあり、爆裂弾で天皇を弑逆する考えがあったようです。私は「そんなことは不可能である」と申しましたが、とくに反対したことはありません。新村から計画にくわわれと誘われたことはなく、賛成したこともありません。私はこのような大逆を企図しているものではありません。

しばらくして新村は、「宮下太吉は職工だがしっかりした人物で、爆裂弾をつくって天皇をやっつける計画をしている。非常に役立つ人間で、あれくらい偉い奴はいない」と、大いに称揚しておりました。私はそのとき、非常に驚きましたが、そんなことは実行できるものではないと思ったのです。

明治四十二年六月ころ、宮下太吉から、新村宛の封書がきました。それから二週間くらいたって新村が、「宮下の先日の手紙に、爆裂弾の製造に着手して、いよいよ完成しそうだと書いてありました」と申しました。私は爆裂弾が、容易につくれるものではないと思い、新村に注意を与えるとか、宮下に反省を促すとか、警察に申告するとかは、いたしておりません。彼らには実行できないと思っていたからです。

新村が私方に滞在中、たびたび幸徳秋水、管野スガから書状がまいりましたが、どういうことを申してきたかはわかりません。また、幸徳、管野から私へも書状をよこしましたが、爆裂弾うんぬんのことは、まったく書いてありませんでした。

宮下太吉が、管野らと革命運動を一緒にやるつもりであることは、新村がたびたび申しておりましたから、天皇弑逆を実行するつもりだったかもしれませんが、私はそういう意味にはとらなかったのです。

新村は、宮下と管野のことは申しておりましたが、古河力作が同志であるとは聞いておりません。幸徳の態度や意思については、べつになんとも申しませんでしたが、私の考えでは、管野が新村や宮下と共同して革命運動をやることになれば、幸徳はもちろん賛成するだろうと思っていました。管野と幸徳は、つねに一心同体で行動しているから、そのように考えたのであります。

明治四十二年八月、新村は私方を去りました。幸徳から「平民社が忙しいから東京へ帰してくれ」と申してきたからで、ほかに理由はありません。「東京へ行く」と言って出発し、「東京から信州へ帰る」とも申しておりました。

帰京後に、新村からたびたび手紙をよこして、主として平民社内部のことが書いてありましたが、彼の性格から過激な文字を連ねてはいても、爆裂弾を試験したことなどは、なにも申しておりません。

十二月ころ、私が新村に、「また薬局を手伝ってくれ」と手紙を書くと、「○○運動を実行するために信州へ帰らねばならない」と断ってきました。その手紙には、○○がたくさん書いてありましたが、爆裂弾で革命運動を実行するという意味にとれるようには、書いてありませんでした。私は半信半疑で、ほんとうに革命運動でもおこすつもりかもしれないと思いましたが、天皇弑逆の計画とは、考えてもみなかったのです。

新村から、右の断り状がきたとき、私のほうからも「平民社が忙しいのなら新村をよこしてもらわなくてもよい」と、幸徳に言ってやりました。その当時、新宮町に新しい開業医ができて、私方も閑になったからのことで、そのほかになんの理由もありません。

六月三日に新宮警察署で申し立てたことと、多少の相違はありますが、本日はすべて真実を申したのであります。


刑法第七十三条〔皇室ニ対スル罪〕の捜査本部は、東京地裁の検事正室にもうけられ、大審院検事総長の松室致、東京控訴院検事長の河村善益、司法省刑事局長（大審院検事兼務）の平沼騏一郎、内務省警保局長の有松英義らが、連日のように出入りしている。

東京地裁検事正の小林芳郎は、六月四日付「東京朝日新聞」に、「関係者は七人のみに限られたもので、ほかに一切、連累者のない事件」とコメントしているとおり、捜査を拡大する考えはなかった。しかし、平沼騏一郎は、第二次桂太郎内閣の意を受け、「一人の無政府主義者もなきことを、世界に誇るにいたるまで、あくまでも撲滅を期する方針」により、捜査検事に檄を飛ばした。

六月五日の大石誠之助逮捕は、新村忠雄との共謀を裏付けようとするもので、明治四十二年八月六日、新宮町の薬種店から大石名義で新村が、塩素酸カリ一ポンドを購入した事実が判明したからである。


（下巻に続く）

P+D BOOKS ラインアップ

大陸の細道	木山捷平	世渡り下手な中年作家の満州での苦闘を描く
若い詩人の肖像	伊藤 整	詩人の青春期の成長と彷徨記す自伝的小説
小説 大逆事件（上）	佐木隆三	近代日本の暗部を象徴した事件に迫る
淡雪	川崎長太郎	私小説家の〝いぶし銀〟の魅力に満ちた9編
女のいる自画像	川崎長太郎	私小説作家が語る様々な女たちとの交情
暗い流れ	和田芳恵	性の欲望に衝き動かされた青春の日々を綴る

P+D BOOKS ラインアップ

P+D BOOKS ラインアップ

遠い地平・劉廣福　八木義徳　●悔恨と哀しみに満ちた若き日々を回想する

冬の宿　阿部知二　●映画化もされた戦前のベストセラー作品

天上の花・蕁麻の家　萩原葉子　●萩原朔太郎の娘が描く鮮烈なる代表作2篇

閉ざされた庭　萩原葉子　●自伝的長編で描かれる破局へ向かう結婚生活

輪廻の暦　萩原葉子　●作家への道を歩み出す嫩。自伝小説の完結編

海軍　獅子文六　●「軍神」をモデルに描いた海軍青春群像劇

P+D BOOKS ラインアップ

達磨町七番地	獅子文六	軽妙洒脱でユーモア溢れる初期5短編収録
がらくた博物館	大庭みな子	辺境の町に流れ着いた人々の悲哀を描く
暗夜遍歴	辻井喬	母への痛切なる鎮魂歌としての自伝的作品
オールドボーイ	色川武大	〝最後の小説〟「オールドボーイ」含む短編集
夜風の縺れ	色川武大	単行本未収録の39編と未発表の「日記」収録
曲り角	神吉拓郎	人生の曲り角にさしかかった中高年達を描く

（お断り）


本書は2004年に文藝春秋より発刊された文庫を底本としております。

あきらかに間違いと思われるものについては訂正いたしましたが、基本的には底本にしたがっております。また、一部の固有名詞や難読漢字には編集部で振り仮名を振っています。

本文中には職工、職夫、女中、書生、継子、脳病、作男、盲進、下男、小作人、蛮人、百姓、女郎、妾、坑夫、娼妓、産婆、園丁、小使い、盲従などの言葉や人種・身分・職業・身体等に関する表現で、現在からみれば、不当、不適切と思われる箇所がありますが、著者に差別的意図のないこと、時代背景と作品価値とを鑑み、著者が故人でもあるため、原文のままにしております。

差別や侮蔑の助長、温存を意図するものでないことをご理解ください。

佐木 隆三（さき りゅうぞう）
1937年（昭和12年）4月15日―2015年（平成27年）10月31日、享年78。朝鮮・咸鏡北道（現在は朝鮮民主主義人民共和国）生まれ。本名・小先良三（こさき りょうぞう）。1975年『復讐するは我にあり』で第74回直木賞を受賞。代表作に『身分帳』『死刑囚永山則夫』など。

P+D BOOKS とは

P+D BOOKS（ピー プラス ディー ブックス）とは
P+Dとはペーパーバックとデジタルの略称です。
後世に受け継がれるべき名作でありながら、現在入手困難となっている作品を、
B6判ペーパーバック書籍と電子書籍を、同時かつ同価格で発売・発信する、
小学館のまったく新しいスタイルのブックレーベルです。

小説 大逆事件（上）

2022年5月17日　初版第1刷発行

著者　佐木隆三
発行人　飯田昌宏
発行所　株式会社　小学館
〒101-8001
東京都千代田区一ツ橋2-3-1
電話　編集　03-3230-9355
販売　03-5281-3555
印刷所　大日本印刷株式会社
製本所　大日本印刷株式会社
装丁　おおうちおさむ（ナノナノグラフィックス）

ISBN978-4-09-352439-1

P+D BOOKS